हिन्द पॉकेट बुक्स

इन्द्रजाल

जयशंकर प्रसाद हिन्दी के प्रख्यात कवि, नाटककार, कहानीकार, उपन्यासकार तथा निबन्धकार थे। वे हिन्दी के छायावादी युग के चार प्रमुख स्तंभों में से एक हैं। उन्होंने हिंदी काव्य में एक तरह से छायावाद की स्थापना की जिसके द्वारा खड़ी बोली के काव्य में न केवल कमनीय माधुर्य की रससिद्ध धारा प्रवाहित हुई, बल्कि जीवन के सूक्ष्म एवं व्यापक आयामों के चित्रण की शक्ति भी संचित हुई और *कामायनी* तक पहुँचकर वह काव्य प्रेरक शक्तिकाव्य के रूप में भी प्रतिष्ठित हो गया। बाद के प्रगतिशील एवं नयी कविता दोनों धाराओं के प्रमुख आलोचकों ने उसकी इस शक्तिमत्ता को स्वीकृति दी। इसका एक अतिरिक्त प्रभाव यह भी हुआ कि खड़ी बोली हिन्दी काव्य की निर्विवाद सिद्ध भाषा बन गयी।

इन्द्रजाल

जयशंकर प्रसाद

हिन्द पॉकेट बुक्स
पेंगुइन रैंडम हाउस इम्प्रिंट

हिन्द पॉकेट बुक्स

यूएसए। कनाडा। यूके। आयरलैंड। ऑस्ट्रेलिया। सिंगापुर
न्यू ज़ीलैंड। भारत। दक्षिण अफ्रीका। चीन

हिन्द पॉकेट बुक्स, पेंगुइन रैंडम हाउस ग्रुप ऑफ़ कम्पनीज़ का हिस्सा है,
जिसका पता global.penguinrandomhouse.com पर मिलेगा

पेंगुइन रैंडम हाउस इंडिया प्रा. लि.,
चौथी मंजिल, कैपिटल टावर -1, एम जी रोड,
गुड़गांव 122 002, हरियाणा, भारत

पेंगुइन
रैंडम हाउस
इंडिया

प्रथम संस्करण हिन्द पॉकेट बुक्स द्वारा 1996 में प्रकाशित
यह संस्करण हिन्द पॉकेट बुक्स में पेंगुइन रैंडम हाउस द्वारा 2022 में प्रकाशित

10 9 8 7 6 5 4 3 2

ISBN 9789353492717

मुद्रकः रेप्रो इंडिया लिमिटेड

www.penguin.co.in

FSC www.fsc.org
MIX
Paper from responsible sources
FSC® C047271

This is a legitimate digitally printed version of the book and therefore might not have certain extra finishing on the cover.

कथा-क्रम

आँधी

चन्दा के तट पर बहुत-से छतनारे वृक्षों की छाया है, किन्तु मैं प्रायः मुचकुन्द के नीचे ही जाकर टहलता, बैठता और कभी-कभी चाँदनी में ऊँघने भी लगता। वहीं मेरा विश्राम था। वहाँ मेरी एक सहचरी भी थी, किन्तु वह कुछ बोलती न थी। वह रहट्ठों की बनी हुई मूसदानी-सी एक झोंपड़ी थी, जिसके नीचे पहले सथिया मुसहरिन का मोटा-सा काला लड़का पेट के बल पड़ा रहता था। दोनों कलाइयों पर सिर टेके हुए भगवान की अनन्त करुणा को प्रणाम करते हुए उसका चित्र आँखों के सामने आ जाता। मैं सथिया को कभी-कभी कुछ दे देता था, पर वह नहीं के बराबर। उसे तो मजूरी करके जीने में सुख था। अन्य मुसहरों की तरह अपराध करने में वह चतुर न थी। उसको मुसहरों की बस्ती से दूर रहने में सुविधा थी, वह मुचकुन्द के फूल इकट्ठे करके बेचती, सेमर की रुई बिन लेती, लकड़ी के गट्ठे बटोरकर बेचती पर उसके इन सब व्यापारों में कोई और सहायक न था। एक दिन वह मर ही तो गई। तब भी कलाई

पर से सिर उठा कर, करवट बदलकर अँगड़ाई लेते हुए कलुआ ने केवल एक जँभाई ली थी। मैंने सोचा—स्नेह, माया, ममता इन सबों की भी एक घरेलू पाठशाला है, जिसमें उत्पन्न होकर शिशु धीरे-धीरे इनके अभिनय की शिक्षा पाता है। उसकी अभिव्यक्ति के प्रकार और विशेषता से वह आकर्षक होता है सही, किन्तु, माया-ममता किस प्राणी के हृदय में न होगी! मुसहरों को पता लगा—वे कल्लू को ले गये। तब से इस स्थान को निर्जनता पर गरिमा का एक और रंग चढ़ गया।

मैं अब भी तो वहीं पहुँच जाता हूँ। बहुत घूम-फिर कर भी जैसे मुचकुन्द की छाया की ओर खिंच जाता हूँ। आज के प्रभात में कुछ अधिक सरसता थी। मेरा हृदय हलका-हलका-सा हो रहा था। पवन में मादक सुगन्ध और शीतलता थी। ताल पर नाचती हुई लाल-लाल किरनें वृक्षों के अन्तराल से बड़ी सुहावनी लगती थीं। मैं परजाते के सौरभ में अपने सिर को धीरे-धीरे हिलाता हुआ कुछ गुनगुनाता चला जा रहा था। सहसा मुचकुन्द के नीचे मुझे धुआँ और कुछ मनुष्यों की चहल-पहल का अनुमान हुआ। मैं कुतूहल से उसी ओर बढ़ने लगा।

वहाँ कभी एक सराय भी थी, अब उसका ध्वंस बच रहा था। दो-एक कोठरियाँ थीं, किन्तु पुरानी प्रथा के अनुसार अब भी वहीं पर पथिक ठहरते।

मैंने देखा कि मुचकुन्द के आस-पास दूर तक एक विचित्र जमावड़ा है। अद्‌भुत शिविरों की पाँति में यहाँ पर कानन-चरों, बिना घरवालों की बस्ती बसी हुई है।

सृष्टि को आरम्भ हुए कितना समय बीत गया, किन्तु इन अभागों को कोई पहाड़ की तलहटी या नदी की घाटी बसाने के लिए प्रस्तुत न हुई और न इन्हें कहीं घर बनाने की सुविधा ही मिली। वे आज भी अपने चलते-फिरते घरों को जानवरों पर लादे हुए घूमते ही रहते हैं! मैं सोचने लगा—ये सभ्य मानव-समाज के विद्रोही हैं, तो भी इनका एक समाज है। सभ्य संसार के नियमों को कभी न मानकर भी इन लोगों ने अपने लिए नियम बनाये हैं। किसी भी तरह, जिनके पास कुछ है, उनसे ले लेना और स्वतंत्र होकर रहना। इनके साथ सदैव आज के संसार के लिए विचित्रतापूर्ण संग्रहालय रहता है। ये अच्छे घुड़सवार और भयानक व्यापारी हैं। अच्छा, ये लोग कठोर परिश्रमी और संसार यात्रा के उपयुक्त प्राणी हैं, फिर इन लोगों ने कहीं बसना, घर बनाना, क्यों नहीं पसन्द किया?—मैं मन-ही-मन सोचता हुआ धीरे-धीरे उनके पास होने लगा। कुतूहल ही तो था। आज तक इन लोगों के सम्बन्ध में कितनी ही बातें सुनता आया था। जब निर्जन चन्दा का ताल मेरे मनोविनोद की सामग्री हो सकता है, तब आज उसका बसा हुआ तट मुझे क्यों न आकर्षित करता? मैं धीरे-धीरे मुचकुन्द के पास पहुँच गया। उसकी एक डाल से बँधा हुआ एक सुन्दर बछड़ा हरी-हरी दूब खा रहा था और लहँगा-कुरता पहने, रूमाल सिर से बाँधे हुए एक लड़की उसकी पीठ सूखे घास के मट्ठे से मल रही थी। मैं रुककर देखने लगा। उसने पूछा—घोड़ा लोगे, बाबू?

नहीं—कहते हुए मैं आगे बढ़ा था, कि एक तरुणी ने झोंपड़े से सिर निकालकर देखा। वह बाहर निकल आई। उसने कहा—आप पढ़ना जानते हैं?

हाँ, जानता तो हूँ।

हिन्दुओं की चिट्ठी आप पढ़ लेंगे?

मैं उसके सुन्दर मुख को कला की दृष्टि से देख रहा था। कला की दृष्टि; ठीक तो बौद्ध-कला, गान्धार-कला, द्रविड़ों की कला इत्यादि नाम से भारतीय मूर्ति-सौन्दर्य के अनेक विभाग जो हैं; जिससे गढ़ने का अनुमान होता है। मेरे एकान्त जीवन को बिताने को सामग्री में इस तरह का जड़ सौन्दर्य-बोध भी एक स्थान रखता है। मेरा हृदय सजीव प्रेम से कभी आप्लुत नहीं हुआ था। मैं इस मूक सौन्दर्य से ही कभी-कभी अपना मनोविनोद कर लिया करता। चिट्ठी पढ़ने की बात पूछने पर भी मैं अपने मन में निश्चय कर रहा था, कि यह वास्तविक गान्धार प्रतिमा है, या ग्रीस और भारत का इस सौन्दर्य में समन्वय है।

वह झुँझलाकर बोली—क्या नहीं पढ़ सकोगे?

चश्मा नहीं है, मैंने सहसा कह दिया। यद्यपि मैं चश्मा नहीं लगाता, तो भी स्त्रियों से बोलने में न जाने क्यों मेरे मन में हिचक होती है। मैं उनसे डरता भी था, क्योंकि सुना था कि वे किसी वस्तु को बेचने के लिए प्रायः इस तरह तंग करती हैं कि उनसे दाम पूछने वाले को लेकर ही छूटना पड़ता है। इसमें उनके पुरुष लोग भी सहायक हो जाते हैं, तब वह बेचारा गाहक और भी झंझट में फँस जाता। मेरी सौन्दर्य की अनुभूति विलीन हो गई। मैं अपने दैनिक जीवन के अनुसार टहलने का उपक्रम करने लगा; किन्तु वह सामने अचल प्रतिमा की तरह खड़ी हो गई। मैंने कहा—क्या है?

चश्मा चाहिए? मैं ले आती हूँ।

ठहरो, ठहरो, मुझे चशमा न चाहिए।

कहकर मैं सोच रहा था कि कहीं मुझे ख़रीदना न पड़े। उसने पूछा—तब तुम पढ़ सकोगे कैसे?

मैंने देखा कि बिना पढ़े मुझे छुट्टी न मिलेगी। मैंने कहा—ले आओ, देखूँ, सम्भव है कि पढ़ सकूँ।—उसने अपनी जेब से एक बुरी तरह मुड़ा हुआ पत्र निकाला। मैं उसे लेकर मन-ही-मन पढ़ने लगा।

लैला ····,

तुमने जो मुझे पत्र लिखा था, उसे पढ़कर मैं हँसा भी और दुःख तो हुआ ही। हँसा इसलिए कि तुमने दूसरे से अपने मन का ऐसा खुला हुआ हाल क्यों कह दिया। तुम कितनी भोली हो! क्या तुमको ऐसा पत्र दूसरे से लिखवाते हुए हिचक न हुई। तुम्हारा घूमनेवाला परिवार ऐसी बातों को सहन करेगा? क्या इन प्रेम की बातों में तुम गम्भीरता का तनिक भी अनुभव नहीं करती हो? और दुखी इसलिए हुआ कि तुम मुझसे प्रेम करती हो। यह कितनी भयानक बात है। मेरे लिए भी और तुम्हारे लिए भी। तुमने मुझे निमंत्रित किया है प्रेम के स्वतंत्र साम्राज्य में घूमने के लिए, किन्तु तुम जानती हो, मुझे जीवन की ठोस झँझटों से छुट्टी नहीं। घर में मेरी स्त्री है, तीन-तीन बच्चे हैं, उन सबों के लिए मुझे खटना पड़ता है, काम करना पड़ता है। यदि वैसा न भी होता, तो भी क्या मैं तुम्हारे जीवन को अपने साथ घसीटने में समर्थ होता? तुम स्वतंत्र वन-विहंगिनी और मैं एक हिन्दू गृहस्थ; अनेक रुकावटें, बीसों बन्धन। यह सब असम्भव है। तुम भूल जाओ। जो स्वप्न तुम देख रही हो—उसमें केवल हम और तुम हैं। संसार का आभास नहीं। मैं एक दिन और जीर्ण सुख लेते हुए जीवन की

विभिन्न अवस्थाओं का समन्वय करने का प्रयत्न कर रहा हूँ। न मालूम कब से मनुष्य इस भयानक सुख का अनुभव कर रहा है। मैं उन मनुष्यों में अपवाद नहीं हूँ, क्योंकि यह सुख भी तुम्हारे स्वतंत्र सुख की सन्तति है! वह आरम्भ है, यह परिणाम है। फिर भी घर बसाना पड़ेगा। फिर वही समस्याएँ सामने आयेंगी। तब तुम्हारा यह स्वप्न भंग हो जाएगा। पृथ्वी ठोस और कंकरीली रह जायंगी। फूल हवा में बिखर जायेंगे। आकाश का विराट् मुख समस्त आलोक को पी जायेगा। अन्धकार केवल अन्धकार में झुँझलाहट-भरा पश्चात्ताप, जीवन को अपने डंकों से क्षत-विक्षत कर देगा। इसलिए लैला! भूल जाओ। तुम चारयारी बेचती हो। उससे सुना है, चोर पकड़े जाते हैं। किन्तु अपने मन का चोर पकड़ना कहीं अच्छा है। तुम्हारे भीतर तो तुमको चुरा रहा है, उसे निकाल बाहर करो। मैंने तुमसे कहा था कि बहुत-से पुराने सिक्के ख़रीदूँगा, तुम अबकी बार पश्चिम जाओ तो खोजकर ले आना। मैं उन्हें अच्छे दामों पर ले लूँगा। किन्तु तुमको ख़रीदना है अपने को बेचना नहीं, इसलिए मुझसे प्रेम करने की भूल तुम न करो।

हाँ, अब कभी इस तरह पत्र न भेजना क्योंकि वह सब ब्यर्थ है।

रामेश्वर

मैं एक साँस में पत्र पढ़ गया, तब तक लैला मेरा मुँह देख रही थी। मेरा पढ़ना कुछ ऐसा ही हुआ, जैसे लोग अपने में बर्राते हैं। मैंने उसकी ओर देखते हुए वह काग़ज़ उसे लौटा दिया। उसने पूछा—इसका मतलब?

मतलब! वह फिर किसी समय बताऊँगा। अब मुझे जलपान करना है। मैं जाता हूँ। कहकर मैं मुड़ा ही था कि उसने पूछा—आपका घर, बाबू!—मैंने चन्दा के किनारे अपने सफ़ेद बँगले को दिखा दिया। लैला पत्र हाथ में लिये वहीं खड़ी रही। मैं अपने बँगले की ओर चला। मन में सोचता जा रहा था। रामेश्वर! वहीं तो रामेश्वरनाथ वर्मा! क्यूरियो मर्चेण्ट! उसी की लिखावट है। वह तो मेरा परिचित है। मित्र मान लेने में मन को एक तरह की अड़चन है। इसलिए मैं प्रायः अपने कहे जाने वाले मित्रों को भी जब अपने मन में सम्बोधन करता हूँ, तो परिचित ही कहकर! सो भी जब इतना माने बिना काम नहीं चलता। मित्र मान लेने पर मनुष्य उससे शिव के समान आत्म-त्याग, बोधिसत्व के सदृश्य सर्वस्व-समर्पण की जो आशा करता है और उसकी शक्ति की सीमा को प्रायः अतिरंजित देखता है। वैसी स्थिति में अपने को डालना मुझे पसन्द नहीं। क्योंकि जीवन का हिसाब—किताब उस काल्पनिक गणित के आधार पर रखने का मेरा अभ्यास नहीं, जिसके द्वारा मनुष्य सबके ऊपर अपना पावना ही निकाल लिया करता है।

अकेले जीवन के नियमित व्यय के लिए साधारण पूँजी का ब्याज मेरे लिए पर्याप्त है। मैं सुखी विचरता हूँ! हाँ, मैं जलपान करके कुर्सी पर बैठा हुआ अपनी डाक देख रहा था। उसमें एक लिफ़ाफ़ा ठीक उन्हीं अक्षरों में लिखा हुआ—जिनमें लैला का पत्र था—निकला। मैं उत्सुकता से खोलकर पढ़ने लगा—

भाई श्रीनाथ

तुम्हारा समाचार बहुत दिनों से नहीं मिला। तुम्हें यह जानकर

प्रसन्नता होगी कि हम लोग दो सप्ताह के भीतर तुम्हारे अतिथि होंगे। चन्दा की वायु हम लोगों को खींच रही है। मिन्ना तो तंग कर ही रहा है, उसकी माँ को और भी उत्सुकता है। उन सबों को यही सूझी है, कि दिन भर ताल में डोंगी पर भोजन न करके हवा खायेंगे और पानी पीयेंगे। तुम्हें कष्ट तो न होगा?

तुम्हारा—रामेश्वर

पत्र पढ़ लेने पर जैसे कुतूहल मेरे सामने नाचने लगा। रामेश्वर के परिवार का स्नेह, उसके मधुर झगड़े; मान-मनौवल—समझौता और अभाव में भी सन्तोष; कितना सुन्दर! मैं कल्पना करने लगा। रामेश्वर एक सफल कदम्ब है, जिसके ऊपर मालती की लता अपनी सैकड़ों उलझनों से, आनन्द की छाया और आलिंगन का स्नेह-सुरभि ढाल रही है।

रामेश्वर का ब्याह मैंने देखा था। रामेश्वर के हाथ के ऊपर मालती की पीली हथेली, जिसके ऊपर जलधारा पड़ रही थी। सचमुच यह सम्बन्ध कितना शीतल हुआ। उस समय मैं हँस रहा था—बालिका मालती और किशोर रामेश्वर! हिन्दू-समाज का यह परिहास—यह भीषण मनो-विनोद! तो भी मैंने देखा, कहीं भूचाल नहीं हुआ—कहीं ज्वालामुखी नहीं फूटा। बहिया ने कोई गाँव बहाया नहीं। रामेश्वर और मालती अपने सुख की फ़सल हर साल काटते हैं।... मैंने जो सोचा—अभी-अभी जो विचार मेरे मन में आया, वह न लिखूँगा। मेरी क्षुद्रता जलन के रूप में प्रकट होगी। किन्तु मैं सच कहता हूँ, मुझे रामेश्वर से जलन नहीं तो भी मेरे उस विचार का मिथ्या अर्थ

लोग लगा ही लेंगे। आज-कल मनोविज्ञान का युग है न। प्रत्येक ने मनोवृत्तियों के लिए हृदय को कबूतर का दरबा बना डाला है। इनके लिए सफ़ेद, नीला, सुर्ख़ का श्रेणी-विभाग कर लिया गया है। उतनी प्रकार की मनोवृत्तियों को गिनकर वर्गीकरण कर लेने का साहस भी होने लगा है।

तो भी मैंने उस बात को सोच ही लिया। मेरे साधारण जीवन में एक लहर उठी। प्रसन्नता की स्निग्ध लहर! पारिवारिक सुखों से लिपटा हुआ, प्रणय-कलह देखूँगा; मेरे दायित्व-विहीन जीवन का वह मनोविनोद होगा। मैं रामेश्वर को पत्र लिखने लगा—

भाई रामेश्वर!

तुम्हारे पत्र ने मुझ पर प्रसन्नता की वर्षा की है। मेरे शून्य जीवन को आनंद कोलाहल से, कुछ ही दिनों के लिए सही भर देने का तुम्हारा प्रयत्न, मेरे लिए सुख का कारण होगा, तुम अवश्य आओ और सबको साथ लेकर आओ!

तुम्हारा—श्रीनाथ

पुनश्चः

बंबई से आते हुए सूरन अवश्य लेते आना। यहाँ वैसा नहीं मिलता। सूरन की तरकारी की गरमी में ही तुम लोग चन्दा की ठंडी हवा झेल सकोगे और साथ-साथ अपनी चलती-फिरती दुकान का एक बक्स, जिस पर हम लोगों की बातचीत की परम्परा लगी रहे।

—श्रीनाथ

दोपहर का भोजन कर लेने के बाद मैं थोड़ी देर अवश्य लेटता हूँ। कोई पूछता है, तो कह देता हूँ कि यह निद्रा नहीं भाई, तन्द्रा है, स्वास्थ्य को मैं उसे अपने आराम से चलने देता हूँ। चिकित्सकों से सलाह पूछकर उसमें छेड़-छाड़ करना मुझे ठीक नहीं जँचता। सच बात तो यह है कि मुझे वर्तमान युग की चिकित्सा में वैसा ही विश्वास है, जैसा पाश्चात्य पुरातत्त्वज्ञों की खोज पर। जैसे वे साँची अमरावती के स्तम्भ तथा शिल्प के चिह्नों में वस्त्र पहनी हुई मूर्तियों को देखकर, ग्रीक शिल्प कला का आभास पा जाते हैं और कल्पना कर बैठते हैं कि भारतीय बौद्ध कला ऐसी हो ही नहीं सकती, क्योंकि वे कपड़ा पहनना जानते ही न थे। फिर चाहे आप त्रिपिटक से ही प्रमाण क्यों न दें कि बिना अन्तर्वासक, चीवर इत्यादि के भारत का कोई भी भिक्षु नहीं रहता था; पर वे कब मानने वाले! वैसे ही चिकित्सक के पास सिर में दर्द होने की दवा खोजने गये कि वह पेट से उसका सम्बन्ध जोड़कर कोई रेचक औषधि दे ही देगा। बेचारा कभी न सोचेगा कि कोई गम्भीर विचार करते हुए, जीवन की किसी कठिनाई से टकराते रहने से भी सिर में पीड़ा हो सकती है। तो भी मैं हल्की-सी तन्द्रा केवल तबीयत बनाने के लिए ले ही लेता हूँ।

शरद्-काल की उजली धूप ताल के नीले जल पर फैल रही थी। आँखों में चकाचौंधी लग रही थी। मैं कमरे में पड़ा अँगड़ाई ले रहा था। दुलारे ने आकर कहा—ईरानी—नहीं-नहीं बलूची आये हैं मैंने पूछा—कैसे ईरानी और बलूची?

वही जो मूँगा, फीरोज़ा, चारयारी बेचते हैं, सिर में रूमाल बाँधे हुए।

मैं उठ खड़ा हुआ, दालान में आकर देखता हूँ, तो एक बीस बरस के युवक के साथ लैला। गले में चमड़े का बैग, पीठ पर चोटी, छींट का रूमाल! एक निराला आकर्षक चित्र! लैला ने हँसकर पूछा—बाबू, चारयारी लोगे?

चारयारी?

हाँ बाबू! चारयारी! इसके रहने से इसके पास सोना, अशर्फ़ी रहेगा। थैली कभी खाली न होगी। और बाबू! इससे चोरी का माल बहुत जल्द पकड़ा जाता है।

साथ ही युवक ने कहा—ले लो बाबू! असली चारयारी; सोना का चारयारी! एक बाबू के लिए लाया था। वह मिला नहीं।

मैं अब तक उन दोनों की सुरमीली आँखों को देख रहा था। सुरमे का घेरा गोरे-गोरे मुँह पर आँख की विस्तृत सत्ता का स्वतन्त्र साक्षी था। पतली लंबी गर्दन पर खिलौने-सा मुँह टपाटप बोल रहा था! मैंने कहा—मुझे तो चारयारी नहीं चाहिए।

किन्तु वहाँ सुनता कौन है, दोनों सीढ़ी पर बैठ गये थे और लैला अपना बेग खोल रही थी। कई पोटलियाँ निकलीं, सहसा लैला के मुँह का रंग उड़ गया। वह घबराकर कुछ अपनी भाषा में कहने लगी। युवक उठ खड़ा हुआ। मैं कुछ न समझ सका। वह चला गया। अब लैला ने मुस्कारते हुए, बेग में से वही पत्र निकाला। मैंने कहा—इसे तो मैं पढ़ चुका हूँ।

इसका मतलब!

वह तुम्हारी चारयारी ख़रीदने फिर आयेगा। यही इसमें लिखा है—मैंने कहा।

बस ! इतना ही ?

और भी कुछ है।

क्या बाबू ?

और जो उसने लिखा है, वह मैं नहीं कह सकता—

क्यों बाबू ? क्यों न कह सकोगे ? बोलो।

लैला की वाणी में पुचकार, दुलार, झिड़की और आज्ञा थी।

यह सब बात मैं नहीं ···

बीच में ही बात काटकर उसने कहा—नहीं क्यों ? तुम जानते हो, नहीं बोलोगे ?

उसने लिखा है, मैं तुमको प्यार करता हूँ।

लिखा है, बाबू ! लैला की आँखों में स्वर्ग हँसने लगा ! वह फुरती से पत्र मोड़कर रखती हुई हँसने लगी। मैंने अपने मन में कहा—अब यह पूछेगी, वह कब आवेगा ? कहाँ मिलेगा ?—किन्तु लैला ने यह सब कुछ नहीं पूछा। वह सीढ़ियों पर अर्द्ध-शयनावस्था में जैसे कोई सुन्दर सपना देखती हुई मुस्करा रही थी। युवक दौड़ता हुआ आया; उसने अपनी भाषा में कुछ घबराकर कहा पर लैला लेटे-ही-लेटे कुछ बोली। युवक भी बैठ गया। लैला ने मेरी ओर देखकर कहा—तो बाबू! वह आवेगा। मेरी चारयारी ख़रीदेगा। गुल से भी कह दो। मैंने समझ लिया कि युवक का नाम गुल है। मैंने कहा—हाँ, वह तुम्हारी चारचारी ख़रीदने आवेंगे। गुल ने लैला की ओर प्रसन्न दृष्टि से देखा।

परन्तु मैं, जैसे भयभीत हो गया। अपने ऊपर सन्देह होने लगा। लैला सुन्दरी थी, पर उसके भीतर भयानक राक्षस की आकृति थी या

देवमूर्ति! यह बिना जाने मैंने क्या कह दिया! इसका परिणाम भीषण भी हो सकता है। मैं सोचने लगा। रामेश्वर को मित्र तो मानता नहीं, किन्तु मुझे उससे शत्रुता करने का क्या अधिकार है?

चन्दा के दक्षिणी तट पर ठीक मेरे बँगले के सामने एक पाठशाला थी। उसमें एक सिंहली सज्जन रहते थे। न जाने कहाँ-कहाँ से उनको चन्दा मिलता था। वे पास-पड़ोस के लड़कों को बुलाकर पढ़ाने के लिए बिठाते थे। दो मास्टरों को वेतन देते थे। उनका विश्वास था कि चन्दा का तट किसी दिन तथागत के पवित्र चरण-चिह्न से अंकित हुआ था, वे आज भी उन्हें खोजते थे। बड़े शांत प्रकृति के जीव थे। उनका श्यामल शरीर, कुंचित केश, तीक्ष्ण दृष्टि, सिंहली विशेषता से पूर्ण विनय, मधुर वाणी और कुछ-कुछ मोटे अक्षरों में चौबीसों घंटे बसने वाली हँसी आकर्षण से भरी थी। मैं कभी-कभी जब जीभ में खुजलाहट होती, वहाँ पहुँच जाता। आज की वह घटना मेरे गम्भीर विचार का विषय बनकर मुझे व्यस्त कर रही थी। मैं अपनी डोंगी पर बैठ गया। दिन अभी घंटे-डेढ़ घंटे बाक़ी था। उस पार खेकर डोंगी ले जाते बहुत देर नहीं हुई। मैं पाठशाला और ताल के बीच के उद्यान को देख रहा था। खजूर और नारियल के ऊँचे-ऊँचे वृक्षों की जिसमें निराली छटा थी। एक नया पीपल अपने चिकने पत्तों की हरियाली में झूम रहा था। उसके नीचे शिला पर प्रज्ञासारथि बैठे थे। नाव को अटकाकर मैं उनके समीप पहुँचा। अस्त होने वाले सूर्य-बिम्ब की रँगीली किरणें उनके प्रशांत मुखमण्डल पर पड़ रही थीं। दो-ढाई हज़ार वर्ष पहले का चित्र दिखाई पड़ा, जब भारत की पवित्रता हज़ारों कोस से लोगों को वासना-दमन करना सीखने के लिए आमन्त्रित करती

थी। आज भी आध्यात्मिक रहस्यों के उस देश में उस महती साधना का आशीर्वाद बचा है। अभी भी बोध-वृक्ष पनपते हैं! जीवन की जटिल आवश्यकता को त्याग कर जब काषाय पहने सन्ध्या के सूर्य के रंग में रंग मिलाते हुए ध्यान-स्तिमित-लोचन मूर्तियाँ अभी देखने में आती हैं, तब जैसे मुझे अपनी सत्ता का विश्वास होता है, और भारत की अपूर्वता का अनुभव होता है। अपनी सत्ता का इसलिए कि मैं भी त्याग का अभिनय करता हूँ न! और भारत के लिए तो मुझे पूर्ण विश्वास है कि इस विजय धर्म में है।

अधरों में कुंचित हँसी, आँखों में प्रकाश भरे प्रज्ञासारथि ने मुझे देखते हुए कहा—आज मेरी इच्छा थी कि आपसे भेंट हो।

मैंने हँसते हुए कहा—अच्छा हुआ कि मैं प्रत्यक्ष ही आ गया। नहीं तो ध्यान में बाधा पड़ती।

श्रीनाथजी! मेरे ध्यान में आपके आने की सम्भावना न थी। तो भी आज एक विषय पर आपकी सम्मति की आवश्यकता है।

मैं भी कुछ कहने के लिए ही यहाँ आया हूँ। पहले मैं कहूँ कि आप ही आरम्भ करेंगे?

साथिया के लड़के कल्लू के सम्बन्ध में तो आपको कुछ नहीं कहना है? मेरे बहुत कहने पर मुसहरों ने उसे पढ़ने के लिए मेरी पाठशाला में रख दिया है और उसके पालन के भार से अपने को मुक्त कर लिया। अब वह सात बरस का हो गया है। अच्छी तरह खाता-पीता है। साफ़-सुथरा रहता है। कुछ-कुछ पढ़ता भी है! —प्रज्ञासारथि ने कहा।

चलिए, अच्छा हुआ! एक रास्ते पर लग गया। फिर जैसा उनके

भाग्य में हो। मेरा मन इन घरेलू बन्धनों में पड़ने के लिए विरक्त-सा है, फिर भी न जाने क्यों कल्लू का ध्यान आ ही जाता है—मैंने कहा।

तब तो अच्छी बात है, आप इस कृत्रिम विरक्ति से ऊब चले हैं, तो कुछ काम करने लगिए। मैं भी घर जाना चाहता हूँ, न हो तो पाठशाला ही चलाइए—कहते हुए प्रज्ञासारथि ने मेरी ओर गम्भीरता से देखा।

मेरे मन में हलचल हुई। मैं एक बकवादी मनुष्य! किसी विषय पर गम्भीरता का अभिनय करके थोड़ी देर तक सफल वाद-विवाद चला देना और फिर विश्वास करना; इतना ही तो मेरा अभ्यास था। काम करना, किसी दायित्व को सिर पर लेना असम्भव! मैं चुप रहा। वह मेरा मुँह देख रहे थे। मैं चतुरता से निकल जाना चाहता था। यदि मैं थोड़ी देर और उसी तरह सन्नाटा रखता, तो मुझे हाँ या नहीं कहना ही पड़ता। मैंने विवाह वाला चुटकुला छेड़ ही तो दिया।

आप तो विरक्ति भिक्षु हैं। अब घर जाने की आवश्यकता कैसे आ पड़ी।

भिक्षु! आश्चर्य से प्रज्ञासारथि ने कहा—मैं तो ब्रह्मचर्य में हूँ। विद्याभ्यास और धर्म का अनुशीलन कर रहा हूँ। यदि मैं चाहूँ तो प्रव्रज्या ले सकता हूँ, नहीं तो गृही बनाने में कोई धार्मिक आपत्ति नहीं। सिंहल में तो यही प्रथा प्रचलित है। मेरे से यह प्राचीन आर्य-प्रथा भी थी! मैं गार्हस्थ्य-जीवन से परिचित होना चाहता हूँ।

तो आप ब्याह करेंगे?

क्यों नहीं; वही करने तो जा रहा हूँ।

देखता हूँ, स्त्रियों पर आपको पूर्ण विश्वास है।

अविश्वास करने का कारण ही क्या है? इतिहास में, आख्यायिकाओं में कुछ स्त्रियों और पुरुषों का दुष्ट चरित्र पढ़कर मुझे अपने और अपनी भावी सहधर्मिणी पर अविश्वास कर लेने का कोई अधिकार नहीं? प्रत्येक व्यक्ति को अपनी परीक्षा देनी चाहिए।

विवाहित जीवन! सुखदायक होगा? —मैंने पूछा।

किसी कर्म को करने के पहले उसमें सुख की ही खोज करना क्या अत्यन्त आवश्यक है? सुख तो धर्माचरण से मिलता है। अन्यथा संसार तो दु:खमय है ही! संसार के कर्मों को धार्मिकता के साथ करने में सुख की ही संभावना है।

किन्तु ब्याह-जैसे कर्म से तो सीधा-सीधा स्त्री से सम्बन्ध है। स्त्री! कितनी विचित्र पहेली है। इसे जानना सहज नहीं। बिना जाने ही उससे अपना सम्बन्ध जोड़ लेना, कितनी बड़ी भूल है, ब्रह्मचारीजी!—मैंने हँसकर कहा।

भाई, तुम बड़े चतुर हो। ख़ूब सोच-समझकर, परखकर तब सम्बन्ध जोड़ना चाहते हो न; किन्तु मेरी समझ में सम्बन्ध हुए बिना परखने का दूसरा उपाय नहीं। प्रज्ञासारथि ने गंभीरता से कहा। मैं चुप होकर सोचने लगा। अभी-अभी जो मैंने एक काण्ड का बीजारोपण किया है, वह क्या लैला के स्वभाव से परिचित होकर! मैं अपनी मूर्खता पर मन-ही-मन तिलमिला उठा। मैंने कल्पना से देखा, लैला प्रतिहिंसाभरी एक भयानक राक्षसी है, यदि वह अपने जाति-स्वभाव के अनुसार रामेश्वर के साथ बदला लेने की प्रतिज्ञा कर बैठे, तब क्या होगा?

प्रज्ञासारथि ने फिर कहा—मेरा जाना तो निश्चित है। ताम्रपर्णी की

तरंगमालाएँ मुझे बुला रही हैं! मेरी एक प्रार्थना है। आप कभी-कभी आकर इसका निरीक्षण कर लिया कीजिए।

मुझे एक बहाना मिला, मैंने कहा—मैंने बैठे-बिठाए एक झंझट बुला ली है। मैं देखता हूँ कि कुछ दिनों तक तो मुझे उसमें फंसना ही पड़ेगा।

प्रज्ञासारथि ने पूछा—वह क्या?

मैंने लैला का पत्र पढ़ने और उसके बाद का सब वृतान्त कह सुनाया। प्रज्ञासारथि चुप रहे, फिर उन्होंने कहा—आपने इस काम को खूब सोझ-समझकर करने की आवश्यकता पर तो ध्यान न दिया होगा, क्योंकि इसका फल दूसरे को भोगने की सम्भावना है न!

मुझे प्रज्ञासारथि का यह व्यंग्य अच्छा न लगा। मैंने कहा—सम्भव है कि मुझे भी कुछ भोगना पड़े।

भाई, मैं तो देखता हूँ, संसार में बहुत-से ऐसे काम मनुष्य को करने पड़ते हैं, जिन्हें स्वप्न में भी नहीं सोचता। अकस्मात् वे प्रसंग सामने आकर गुर्राने लगते हैं, जिनसे भागकर जान बचाना ही उसका अभीष्ट होता है। मैं भी इसी तरह ब्याह करने के लिए सिंहल जा रहा हूँ।

अन्धकार को भेदकर शरद् का चन्द्रमा नारियल और खजूर के वृक्षों पर दिखाई देने लगा था। चन्दा का ताल लहरियों में प्रसन्न था। मैं क्षण भर के लिए प्रकृति की उस सुन्दर चित्रपटी को तन्मय होकर देखने लगा।

कलुआ ने जब प्रज्ञासारथि को भोजन करने की सूचना दी, मुझे स्मरण हुआ कि मुझे उस पार जाना है। मैंने दूसरे दिन आने को कहकर प्रज्ञासारथि से छुट्टी माँगी।

डोंगी पर बैठकर मैं धीरे-धीरे डाँड़ चलाने लगा।

मैं अनमना-सा डाँड़ चलाता हुआ कभी चन्द्रमा को और कभी चन्दा ताल को देखता। नाव सरल आन्दोलन में तिर रही थी। बार-बार सिंहली प्रज्ञासारथि की बात सोचता जाता था। मैंने घूमकर देखा, तो कुंज से घिरा हुआ पाठशाला का भवन चन्दा के शुभ्रजल में प्रतिबिम्बित हो रहा था! चन्दा का वह तट समुद्र-उपकूल का एक खंड-चित्र था। मन-ही-मन सोचने लगा—मैं करता ही क्या हूँ, यदि मैं पाठशाला का निरीक्षण करूँ, तो हानि क्या? मन भी लगेगा और समय भी कटेगा। अब मैं बहुत दूर चला आया था। सामने मुचकुन्द वृक्ष की नील आकृति दिखलाई पड़ी मुझे लैला का फिर स्मरण आ गया। कितनी सरल, स्वतंत्र और साहसिकता से भरी हुई रमणी है। सुरमीली आँखों में कितना नशा है और अपने मादक उपकरणों से भी रामेश्वर को अपनी ओर आकर्षित करने में वह असमर्थ है। रामेश्वर पर मुझे क्रोध आया और लैला को फिर अपने विचारों से उलझते देखकर झुंझला उठा। अब किनारा समीप हो चला था। मैं मुचकुन्द की ओर से नाव घुमाने को था कि मुझे उस प्रशान्त जल में दो सिर तैरते हुए दिखाई पड़े। शरद्-काल की शीतल रजनी में उन तैरने वालों पर मुझे आश्चर्य हुआ। मैंने डाँड़ा चलाना बन्द कर दिया। दोनों तैरने वाले डोंगी के पास आ चले थे। मैंने चन्द्रिका के आलोक में पहचान लिया, वह लैला का सुन्दर मुख था। कुमुदिनी की तरह प्रफुल्ल चाँदनी में हँसता हुआ लैला का मुख! मैंने पुकारा—लैला! वह बोलने ही को थी उसके साथ वाला मुख गुर्रा उठा। मैंने समझा कि उसका साथी गुल होगा; किन्तु लैला ने कहा—चुप, बाबूजी हैं। अब मैंने

पहचाना—वह एक भयानक ताजी कुत्ता है, जो लैला के साथ तैर रहा था। लैला ने कहा—बाबूजी, आप कहाँ? मेरी डोंगी के एक ओर लैला का हाथ था और दूसरी ओर कुत्ते के दोनों अगले पंजे। मैंने कहा—यों ही घूमने आया था और तुम रात को तैरती हो? लैला।

दिन भर काम करने के बाद अब तो छुट्टी मिली है, बदन ठंडा कर रही हूँ—लैला ने कहा।

वह एक अद्भुत दृश्य था। इतने दिनों तक मैं जीवन के अकेले दिनों को काट चुका हूँ। अनेक अवसर विचित्र घटनाओं से पूर्ण और मनोरंजक मिले हैं, किन्तु ऐसा दृश्य तो मैंने कभी न देखा। मैंने पूछा—आज की रात तो बहुत ठंडी है, लैला!

उसने कहा—नहीं, बड़ी गर्म।

दोनों ने अपनी रुकावट हटा ली। डोंगी चलने को स्वतन्त्र थी। लैला और उसका साथी दोनों तैरने लगे। मैं अपने बँगले की ओर डोंगी खेने लगा। किनारे पर पहुँचकर देखता हूँ कि दुलारे खड़ा है। मैंने पूछा—क्यों रे! तू कब से यहाँ है?

उसने कहा—आपको आने में देर हुई, इसलिए मैं आया हूँ। रसोई ठंडी हो रही है।

मैं डोंगी से उतर पड़ा और बँगले की ओर चला। मेरे मन में न जाने क्यों सन्देह हो रहा था कि दुलारे जान-बूझकर परखने आया था। लैला से बातचीत करते हुए उसने मुझे अवश्य देखा है। तो क्या वह मुझ पर कुछ सन्देह करता है? मेरा मन दुलारे को सन्देह करने का अवसर देकर जैसे कुछ प्रसन्न ही हुआ। बँगले पर पहुँचकर मैं भोजन करने बैठ गया। स्वभाव के अनुसार शरीर तो अपना नियमित

सब करता ही रहा, किन्तु सो जाने पर भी वही सपना देखता रहा।

आज बहुत विलम्ब से सोकर उठा। आलस से कहीं घूमने-फिरने की इच्छा न थी। मैंने अपनी कोठरी में ही आसन जमाया। मेरी आँखों में वह रात्रि का दृश्य अभी घूम रहा था। मैंने लाख चेष्टा की किन्तु लैला और वह सिंहली भिक्षु दोनों ही ने मेरे हृदय को अखाड़ा बना लिया था। मैंने विरक्त होकर विचार-परम्परा को तोड़ने के लिए बाँसुरी बजाना आरम्भ किया। आसावरी के गम्भीर विलम्बित अलापों में फिर भी लैला की प्रेमपूर्ण आकृति जैसे बनने लगती। मैंने बाँसुरी बजाना बन्द किया और ठीक विश्रामकाल में ही मैंने देखा की प्रज्ञासारथि सामने खड़े हैं। मैंने उन्हें बैठाते हुए पूछा—आज आप इधर कैसे भूल पड़े?

यह प्रश्न मेरी विचार-विशृंखलता के कारण हुआ था, क्योंकि वे तो प्रायः मेरे यहाँ आया ही करते थे। उन्होंने हँसकर कहा—मेरा आना भूलकर नहीं, किन्तु कारण से हुआ है। कहिए, आपने उस विषय में कुछ स्थिर किया?

मैंने अनजान बनकर पूछा—किस विषय में?

प्रज्ञासारथि ने कहा—वही पाठशाला की देख-रेख करने के लिए, जैसा मैंने उस दिन आपसे कहा था।

मैंने बात उड़ाने के ढंग से कहा—आप तो सोच-विचार कर काम करने में विश्वास ही नहीं रखते। आपका तो यही कहना है न कि मनुष्य प्रायः अनिच्छावश बहुत-से काम करने के लिए बाध्य होता है, तो फिर मुझे उस पर सोचने-विचारने की क्या आवश्यकता थी? जब वैसा अवसर आवेगा, तब देखा जायेगा।

कृपया मेरी बातों को अपने मनोनुकूल अर्थ न लगाइए। यह तो मैं मानता हूँ कि आप अपने ढंग से विचार करने के लिए स्वतंत्र हैं; किन्तु उन्हें क्रियात्मक रूप देने के समय आपकी स्वतंत्रता में मेरा विश्वास संदिग्ध हो जाता है। प्रायः देखा जाता है, हमें लोग क्या करने जाकर क्या कर बैठते हैं, तो भी हम उसकी ज़िम्मेदारी से छूटते नहीं। मान लीजिए कि लैला के हृदय में एक दुराशा उत्पन्न करके आपने रामेश्वर के जीवन में अड़चन डाल दी है। संभव है, यह घटना साधारण न रहकर कोई भीषण काण्ड उपस्थित कर सकती है और आपका मित्र अपने अनिष्ट करने वाले को न भी पहचान सके, तो क्या आप अपने मन के सामने इसके लिए अपराधी न ठहरेंगे?

प्रज्ञासारथि की ये बातें मुझे बेढंगी-सी जान पड़ीं क्योंकि उस समय मुझे उसका आना और मुझे उपदेश देने का ढोंग रचना असह्य होने लगा। मेरी इच्छा होती थी कि वे किसी तरह भी यहाँ से चले जाते; तो भी मुझे उन्हें उत्तर देने के लिए इतना तो कहना ही पड़ा कि आप कच्चे अदृष्टवादी हैं। आपके जैसा विचार रखने पर मैं तो इसे इस तरह सुलझाऊँगा कि अपराध करने में और दंड देने में मनुष्य एक-दूसरे का सहायक होता है। हम आज जिस किसी को हानि पहुँचाते हैं, या कष्ट देते हैं, वह इतने ही के लिए नहीं कि उसने मेरी कोई बुराई की है। हो सकता है कि मैं उसके किसी अपराध का यह दण्ड समाज-व्यवस्था के किसी मौलिक नियम के अनुसार दे रहा हूँ। फिर चाहे मेरा यह दण्ड देना भी अपराध बन जाय और उसका फल भी मुझे भोगना पड़े। मेरे इस कहने पर प्रज्ञासारथि ने हँस दिया और कहा—श्रीनाथजी, मैं आपकी दण्ड-व्यवस्था ही तो करने आया हूँ।

आप अपने बेकार जीवन को मेरी बेगार में लगा दीजिए। मैंने पिण्ड छुड़ाने के लिए कहा—अच्छा, तीन दिन सोचने का अवसर दीजिए।

प्रज्ञासारथि चले गये और मैं चुपचाप सोचने लगा। मेरे स्वतंत्र जीवन में माँ के मर जाने के बाद यह दूसरी उलझन थी। निश्चित जीवन की कल्पना का अनुभव मैंने इतने दिनों तक कर लिया था। मैंने देखा कि मेरे निराश जीवन में उल्लास का छींटा भी नहीं। यह ज्ञान मेरे हृदय को और भी स्पर्श करने लगा। मैं जितना ही विचारता था, उतना ही मुझे निश्चिन्तता और निराशा का अभेद दिखलाई पड़ता था। मेरे आलसी जीवन में सक्रियता की प्रतिध्वनि होने लगी। तो भी काम न करने का स्वभाव मेरे विचारों के बीच में जैसे व्यंग्य से मुस्करा देता।

तीन दिनों तक मैंने सोचा और विचार किया। अन्त में प्रज्ञासारथि की विजय हुई क्योंकि मेरी दृष्टि में प्रज्ञासारथि का काम नाम के लिए तो अवश्य था, किन्तु करने में कुछ भी नहीं के बराबर।

मैंने अपना हृदय दृढ़ किया और प्रज्ञासारथि से जाकर कह दिया कि—मैं पाठशाला का निरीक्षण करूँगा, किन्तु मेरे मित्र आने वाले हैं और जब तक यहाँ रहेंगे, तब तक मैं अपना बँगला न छोड़ूँगा क्योंकि यहाँ उन लोगों के आने से आपको असुविधा होगी। फिर जब वे लोग चले जायेंगे, तब मैं यहीं आकर रहने लगूँगा।

मेरे सिंहली मित्र ने हँसकर कहा—अभी तो एक महीने यहाँ मैं अवश्य रहूँगा। यदि आप अभी से यहाँ चले आवें तो, बड़ा अच्छा हो, क्योंकि मेरे रहते यहाँ का सब प्रबन्ध आपकी समझ में आ जायेगा।

रह गई मेरी असुविधा की बात, सो तो केवल आपकी कल्पना है। मैं आपके मित्रों को यहाँ देखकर प्रसन्न ही होऊँगा। जगह की कमी भी नहीं।

मैं 'अच्छा' कहकर उनसे छुट्टी लेने के लिए उठ खड़ा हुआ; किन्तु प्रज्ञासारथि ने मुझे फिर से बैठाते हुए कहा—देखिए श्रीनाथजी, यह पाठशाला का भवन पूर्णतः आपके अधिकार में रहेगा। भिक्षुओं के रहने के लिए तो संघाराम का भाग अलग है ही और उसमें जो कमरे अभी अधूरे हैं, उन्हें शीघ्र ही पूरा कराकर तब मैं जाऊँगा और अपने संघ से मैं इसकी पक्की लिखा-पढ़ी कर रहा हूँ कि आप पाठशाला के आजीवन अवैतनिक प्रधानाध्यक्ष रहेंगे और उसमें किसी को हस्तक्षेप करने का अधिकार न होगा।

मैं उस युवक बौद्ध मिशनरी की युक्तिपूर्ण व्यावहारिकता देखकर मन-ही-मन चकित हो रहा था। एक क्षण भर के लिए उस सिंहली की व्यवहार-कुशल बुद्धि से मैं भीतर-ही-भीतर ऊब उठा। मेरी इच्छा हुई कि मैं स्पष्ट अस्वीकार कर दूँ; किन्तु न जाने क्यों मैं वैसा न कर सका। मैंने कहा—तो आपको मुझमें इतना विश्वास है कि मैं आजीवन आपकी पाठशाला चलाता रहूँगा!

प्रज्ञासारथि ने कहा—शक्ति की परीक्षा दूसरों ही पर होती है; यदि मुझे आपकी शक्ति का अनुभव हो, तो कुछ आश्चर्य की बात नहीं। और आप तो जानते ही हैं कि धार्मिक मनुष्य विश्वासी होता है। सूक्ष्म रूप से जो कल्याण-ज्योति मानवता में अन्तर्निहित है, मैं तो उसमें अधिक-से-अधिक श्रद्धा करता हूँ। विपथगामी होने पर वही संत हो

करके मनुष्य का अनुशासन करती है, यदि उसकी पशुता ही प्रबल न हो गई हो, तो।

मैंने प्रज्ञासारथि की आँखों से आँख मिलाते हुए देखा, उसमें तीव्र संयम की ज्योति चमक रही थी, मैं प्रतिवाद न कर सका, और यह कहते हुए खड़ा हुआ कि—अच्छा, जैसा आप कहते हैं वैसा ही होगा।

मैं धीरे-धीरे बँगले की ओर लौट रहा था। रास्ते में अचानक देखता हूँ कि दुलारे दौड़ा हुआ चला आ रहा है। मैंने पूछा—क्या है रे?

उसने कहा—बाबूजी, घोड़ागाड़ी पर बहुत आदमी आये हैं। वे लोग आपको पूछ रहे हैं।

मैंने समझ लिया कि रामेश्वर आ गया। दुलारे से कहा कि—तू दौड़ जा, मैं यहीं खड़ा हूँ। उन लोगों को सामान-सहित यहीं लिवा ला!

दुलारे तो बँगले की ओर भागा, मैं उसी जगह अविचल भाव से खड़ा रहा। मन में विचारों की आँधी उठने लगी, रामेश्वर तो आ गया और वे ईरानी भी यहीं हैं। ओह, मैंने कैसी मूर्खता की! तो मेरे मन को जैसे ढाढ़स हुआ कि रामेश्वर मेरे बँगले में नहीं ठहरता है। इस बौद्ध पाठशाला तक लैला क्यों आने लगी? जैसे लैला को वहाँ आने में कोई दैवी बाधा हो। फिर मेरा सिर चकराने लगा। मैंने कल्पना की आँखों से देखा कि लैला अबाधगति से चलने वाली एक निर्झरिणी है। पश्चिम की सर्राटे से भरी हुई वायु तरंग-माला है। उसको रोकने की किसमें सामर्थ्य है; और फिर अकेले रामेश्वर ही तो नहीं, उसकी स्त्री भी उसके साथ है। अपनी मूर्खतापूर्ण करनी से मेरा ही दम घुटने लगा। मैं खड़ा-खड़ा झील की ओर देख रहा था। उसमें छोटी-छोटी

लहरियाँ उठ रही थीं जिनमें सूर्य की किरणें प्रतिबिम्बित होकर आँखों को चौंधिया देती थीं। मैंने आँखें बन्द कर लीं। अब मैं कुछ नहीं सोचता था। गाड़ी की घरघराहट ने मुझे सजग किया। मैंने देखा कि रामेश्वर गाड़ी का पल्ला खोलकर वहीं सड़क पे उतर रहा है।

मैं उससे गले मिल शीघ्रता से कहने लगा—गाड़ी पर बैठ जाओ। मैं भी चलता हूँ। यहीं पास ही चलना है।—उसने गाड़ीवान से चलने के लिए कहा। हम दोनों साथ-साथ पैदल ही चले। पाठशाला के समीप प्रज्ञासारथि अपनी रहस्यपूर्ण मुस्कराहट के साथ अगवानी करने के लिए खड़े थे।

दो दिनों में हम लोग अच्छी तरह रहने लगे। घर का कोना-कोना आवश्यक चीज़ों से भर गया। प्रज्ञासारथि इसमें बराबर हम लोगों के साथी हो रहे थे और सबसे अधिक आश्चर्य मुझे मालती को देख कर हुआ। वह मानो इस जीवन की सम्पूर्ण गृहस्थी यहाँ सजा कर रहेगी। मालती एक स्वस्थ युवती थी; किन्तु दूर से देखने में अपनी छोटी-सी आकृति के कारण वह बालिका-सी लगती थी। उसकी तीनों सन्तानें बड़ी सुन्दर थीं। मिन्ना छह बरस का, रंजन चार का और कमलो दो की थी। कमलो सचमुच एक गुड़िया थी, कल्लू का उससे इतना घना परिचय हो गया कि दोनों को एक-दूसरे बिना चैन नहीं। मैं सोचता था कि प्राणी क्या स्नेहमय ही उत्पन्न होता है। अज्ञात प्रदेशों से आकर वह संसार में जन्म लेता है। फिर अपने लिए स्नेहमय सम्बन्ध बना लेता है; किन्तु मैं सदैव इन बुरी बातों से भागता ही रहा। इसे मैं अपना सौभाग्य कहूँ, या दुर्भाग्य ?

इन्हीं कई दिनों में रामेश्वर के प्रति मेरे हृदय में इतना स्नेह उमड़ा कि मैं उसे एक क्षण छोड़ने के लिए प्रस्तुत न था। अब हम लोग साथ बैठकर भोजन करते, साथ ही टहलने निकलते। बातों का तो अन्त ही न था। कल्लू तीनों लड़कों को बहलाये रहता। दुलारे खाने-पीने का प्रबन्ध कर लेता। रामेश्वर से मेरी बातें होतीं और मालती चुपचाप सुना करती। कभी-कभी बीच में कोई अच्छी-सी मीठी बात बोल भी देती।

और प्रज्ञासारथि को तो मानो एक पाठशाला ही मिल गई थी। वे गार्हस्थ्यजीवन का चुपचाप अच्छा-सा अध्ययन कर रहे थे।

एक दिन मैं बाज़ार से अकेला लौट रहा था। बँगले के पास मैं पहुँचा ही था, कि लैला मुझे दिखाई पड़ी। वह अपने घोड़े पर सवार थी मैं क्षण भर तक विचारता रहा कि क्या करूँ। तब तक घोड़े से उतरकर वह मेरे पास चली आई। मैं खड़ा हो गया था। उसने पूछा—बाबूजी, आप कहीं चले गये थे?

हाँ!

अब इस बँगले में आप नहीं रहते?

मैं तुमसे एक बात कहना चाहता हूँ, लैला—मैंने घबराकर उससे कहा।

क्या बाबूजी?

वह चिट्ठी।

है तो मेरे ही पास, क्यों?

मैंने उसमें कुछ झूठ कहा था।

झूठ!—लैला की आँखों से बिजली निकलने लगी थी।

हाँ लैला! उसमें रामेश्वर ने लिखा था कि मैं तुमको नहीं चाहता, मेरे बाल-बच्चे हैं।

ऐं! तुम झूठे! दग़ाबाज़!—कहती हुई लैला अपनी छुरी की ओर देखती हुई दाँत पीसने लगी।

मैंने कहा—लैला, तुम मेरा कसूर ···।

तुम मेरे दिल से दिल्लगी करते थे! कितने रंज की बात है! वह कुछ न कह सकी। वहीं बैठकर रोने लगी। मैंने देखा कि यह बड़ी आफ़त है। कोई मुझे इस तरह यहाँ देखेगा तो क्या कहेगा। मैं तुरन्त वहाँ से चल देना चाहता था, किन्तु लैला ने आँसू भरी आँखों से मेरी ओर देखते हुए कहा—तुमने मेरे लिए दुनिया में एक बड़ी अच्छी बात सुनाई थी। वह मेरी हँसी थी! इसे जानकर आज मुझे इतना गुस्सा आता है कि मैं तुमको मार डालूँ या आप ही मर जाऊँ।—लैला दाँत पीस रही थी। मैं काँप उठा—अपने प्राणों के भय से नहीं किन्तु लैला के साथ अदृष्ट के खिलवाड़ पर और अपनी मुर्खता पर। मैंने प्रार्थना के ढंग से कहा—लैला, मैंने तुम्हारे मन को ठेस लगा दी हैं—इसका मुझे बड़ा दुःख है। अब तुम उसको भूल जाओ।

तुम भूल सकते हो, मैं नहीं! मैं ख़ून करूँगी!—उसकी आँखों में ज्वाला निकल रही थी।

किसका, लैला। मेरा?

ओह नहीं, तुम्हारा नहीं, तुमने एक दिन मुझे सबसे बड़ा आराम दिया है। हो, वह झूठा। तुमने अच्छा नहीं किया था, तो भी मैं तुमको अपना दोस्त समझती हूँ।

तब किसका ख़ून करोगी?

उसने गहरी साँस लेकर कहा—अपना या किसी ··· फिर चुप हो गई। मैंने कहा—तुम ऐसा न करोगी, लैला! मेरा और कुछ कहने का साहस नहीं होता था। उसी ने फिर पूछा—वह जो तेज़ हवा चलती है, जिसमें बिजली चमकती है, बरफ़ गिरती है, जो बड़े-बड़े पेड़ों को तोड़ डालती है। ··· हम लोगों के घरों को उड़ा ले जाती है।

आँधी!—मैंने बीच ही में कहा।

हाँ, वही मेरे यहाँ चल रही है!—कहकर लैला ने अपनी छाती पर हाथ रख दिया।

लैला!—मैंने अधीर होकर कहा।

मैं उसको एक बार देखना चाहती हूँ।—उसने भी व्याकुलता से मेरी ओर देखते हुए कहा।

मैं उसे दिखा दूँगा; पर तुम उसकी कोई बुराई तो न करोगी?—मैंने कहा।

हुश!—कहकर लैला ने अपनी काली आँखें उठाकर मेरी ओर देखा।

मैंने कहा—अच्छा लैला! मैं दिखा दूँगा।

कल मुझसे यहीं मिलना—कहती हुई वह अपने घोड़े पर सवार हो गई। उदास लैला के बोझ से वह घोड़ा भी धीरे-धीरे चलने लगा और लैला झुकी हुई-सी उस पर मानों किसी तरह बैठी थी।

मैं वहीं देर तक खड़ा रहा। और फिर धीरे-धीरे अनिच्छापूर्वक पाठशाला की ओर लौटा। प्रज्ञासारथि पीपल के नीचे शिलाखंड पर बैठे थे। मिन्ना उनके पास खड़ा उनका मुँह देख रहा था। प्रज्ञासारथि

की रहस्यपूर्ण हँसी आज अधिक उदार थी। मैंने देखा कि वह उदासीन विदेशी अपनी समस्या हल कर चुका है। बच्चों की चहल-पहल ने उसके जीवन में वांछित परिवर्तन ला दिया है। और मैं?

मैं कह चुका था, इसलिए दूसरे दिन लैला से भेंट करने पहुँचा। देखता हूँ कि वह पहले ही से वहाँ बैठी है। निराशा से उदास उसका मुँह आज पीला हो रहा था। उसने हँसने की चेष्टा नहीं की और न मैंने ही। उसने पूछा—तो कब, कहाँ चलना होगा? मैं तो सूरत में उससे मिली थी! वहीं उसने मेरी चिट्ठी का जवाब दिया था। अब कहाँ चलना होगा?

मैं भौंचक-सा हो गया। लैला को विश्वास था कि सूरत, मुंबई, कश्मीर वह चाहे कहीं हो, मैं उसे लिवा कर चलूँगा ही। और रामेश्वर से भेंट करा दूँगा। सम्भवतः उसने परिहास का यह दण्ड निर्धारित कर लिया था। मैं सोचने लगा—क्या कहूँ।

लैला ने फिर कहा—मैं उसकी बुराई न करूँगी, तुम डरो मत।

मैंने कहा—वह यहीं आ गया है। उसके बाल-बच्चे सब साथ हैं। लैला, तुम चलोगी?

वह एक बार सिर से पैर तक काँप उठी! और मैं भी घबरा गया। मेरे मन में नई आशंका हुई। आज मैं क्या दूसरी भूल करने जा रहा हूँ? उसने सम्हल कर कहा—हाँ चलूँगी, बाबू! मैंने गहरी दृष्टि से उसके मुँह की ओर देखा, तो अन्धड़ नहीं, किन्तु एक शीतल मलय का व्याकुल झोंका उसकी घुँघराली लटों के साथ खेल रहा था। मैंने कहा—अच्छा, मेरे पीछे-पीछे चली आओ!

मैं चला और वह मेरे पीछे थी। जब पाठशाला के पास पहुँचा,

तो मुझे हारमोनियम का स्वर और मधुर आलाप सुनाई पड़ा। मैं ठिठककर सुनने लगा—रमणी-कण्ठ की मधुर ध्वनि! मैंने देखा कि लैला की आँखें उस संगीत के नशे में मतवाली हो चली हैं। उधर देखता हूँ तो कमलों को गोद में लिये प्रज्ञासारथि भी झूम रहे हैं। अपने कमरे में मालती छोटे-से सफ़ारी बाजे पर पीलू गा रही है और अच्छी तरह गा रही है। रामेश्वर लेटा हुआ उसके मुँह की ओर देख रहा है। पूर्ण तृप्ति! प्रसन्नता की माधुरी दोनों के मुँह पर खेल रही है! पास ही रंजन और मिन्ना बैठे हुए अपने माता और पिता को देख रहे हैं। हम लोगों के आने की बात कौन जानता है। मैंने एक क्षण के लिए अपने को कोसा; इतने सुंदर संसार में कलह की ज्वाला जलाकर मैं तमाशा देखने चला था। हाय रे—मेरा कुतूहल! और लैला स्तब्ध अपनी बड़ी-बड़ी आँखों से एकटक न जाने क्या देख रही थी। मैं देखता था कि कमलो प्रज्ञासारथि की गोद से धीरे से खिसक पड़ी और बिल्ली की तरह पैर दबाती हुई अपनी माँ की पीठ पर हँसती हुई गिर पड़ी, और बोली—माँ! और गाना रुक गया। कमलो के साथ मिन्ना और रंजन भी हँस पड़े। रामेश्वर ने कहा—कमलो, तू बली पाजी है ले! बा—पाजी—लाल—कहकर कमलो ने अपनी नन्हीं-सी उँगली उठाकर हम लोगों की ओर संकेत किया। रामेश्वर तो उठकर बैठ गए। मालती ने मुझे देखते ही सिर का कपड़ा तनिक आगे की ओर खींच लिया और लैला ने रामेश्वर को देखकर सलाम किया। दोनों की आँखें मिलीं। रामेश्वर के मुँह पर पल भर के लिए एक घबराहट दिखाई पड़ी। फिर उसने सम्हलकर पूछा—अरे लैला! तुम यहाँ कहाँ?

चारयारी न लोगे, बाबू?—कहती हुई लैला निर्भीक भाव से मालती के पास जाकर बैठ गई।

मालती लैला पर एक सलज्ज मुस्कान छोड़ती हुई, उठ खड़ी हुई। लैला उसका मुँह देख रही थी, किन्तु उस ओर ध्यान न देकर मालती ने मुझसे कहा—भाई जी, आपने जलपान नहीं किया। आज तो आप ही के लिए मैंने सूरन के लड्डू बनाये हैं।

तो देती क्यों नहीं पगली, मैं सवेरे ही से भूखा भटक रहा हूँ—मैंने कहा। मालती जलपान ले आने गई। रामेश्वर ने कहा—चारयारी ले आई हो? लैला ने हाँ कहते हुए अपना बैग खोला। फिर रुककर उसने अपने गले से एक ताबीज निकाला। रेशम से लिपटा हुआ चौकोर ताबीज का सीवन खोलकर उसने वह चिट्ठी निकाली। मैं स्थिर भाव से देख रहा था। लैला ने कहा—पहले बाबूजी, इस चिट्ठी को पढ़ दीजिए। रामेश्वर ने कम्पित हाथों से उसको खोला, वह उसी का लिखा हुआ पत्र था। उसने घबराकर लैला की ओर देखा। लैला ने शान्त स्वरों में कहा—पढ़िए बाबू! आप ही के मुँह से सुनना चाहती हूँ।

रामेश्वर ने दृढ़ता से पढ़ना आरम्भ किया। जैसे उसने अपने हृदय का समस्त बल आने वाली घटनाओं का सामना करने के लिए एकत्र कर लिया हो; क्योंकि मालती जलपान लिए आ ही रही थी। रामेश्वर ने पूरा पत्र पढ़ लिया। केवल नीचे अपना नाम नहीं पढ़ा। मालती खड़ी सुनती रही और मैं सूरन के लड्डू खाता रहा। बीच-बीच में मालती का मुँह देख लिया करता था! उसने बड़ी गम्भीरता से पूछा—भाईजी, लड्डू कैसे हैं, यह तो आपने बताया नहीं, धीरे से खा गए।

जो वस्तु अच्छी होती है, वही गले में धीरे से उतार ली जाती है। नहीं तो कड़वी वस्तु के लिए थू-थू करना पड़ता।—मैं कह ही रहा था कि लैला ने रामेश्वर से कहा—ठीक तो! मैंने सुन लिया। अब आप उसको फाड़ डालिए। तब आपको चारयारी दिखाऊँ।

रामेश्वर सचमुच पत्र फाड़ने लगा। चिन्दी-चिन्दी उस काग़ज़ के टुकड़े की उड़ गई और लैला ने एक छिपी हुई गहरी साँस ली, किन्तु मेरे कानों ने उसे सुन ही लिया। वह तो एक भयानक आँधी से कम न थी। लैला ने सचमुच एक सोने की चारयारी निकाली। उसके साथ एक सुन्दर मूंगे की माला। रामेश्वर ने चारयारी लेकर देखा। उसने मालती से पचास के नोट देने के लिए कहा। मालती अपने पति के व्यवसाय को जानती थी, उसने तुरन्त नोट दे दिए। रामेश्वर ने जब नोट लैला की ओर बढ़ाए, तभी कमलो सामने आकर खड़ी हो गई—बा ··· लाल ··· रामेश्वर ने पूछा, क्या है रे कमलो?

पुतली-सी सुन्दर बालिका ने रामेश्वर के गालों को अपने छोटे-से हाथों से पकड़कर कहा—लाल-लाल ···

लैला ने नोट ले लिए थे। पूछा—बाबूजी! मूँगे की माला न लीजिएगा?

नहीं।

लैला ने माला उठाकर कमलो को पहना दी। रामेश्वर नहीं-नहीं कर रहा था किन्तु उसने सुना नहीं! कमलो ने अपनी माँ को देखकर कहा माँ ··· लाल ··· वह हँस पड़ी और कुछ नोट रामेश्वर को देते हुए बोली—तो ले लो न, इसका भी दाम दे दो।

लैला ने तीव्र दृष्टि से मालती को देखा; मैं तो सहम गया था। मालती हँस पड़ी। उसने कहा—क्या दाम न लोगी?

लैला कमलो का मुँह चूमती हुई उठ खड़ी हुई। मालती अवाक्, रामेश्वर स्तब्ध, किन्तु मैं प्रकृतिस्थ था।

लैला चली गई।

मैं विचारता रहा, सोचता रहा। कोई अन्त न था—ओर-छोर का पता नहीं। लैला, प्रज्ञासारथि—रामेश्वर और मालती सभी मेरे सामने बिजली के पुतलों से चक्कर काट रहे थे। सन्ध्या हो चली थी, किन्तु मैं पीपल के नीचे से न उठ सका। प्रज्ञासारथि अपना ध्यान समाप्त करके उठे। उन्होंने मुझे पुकारा—श्रीनाथजी! मैंने हँसने की चेष्टा करते हुए कहा—कहिए!

आज तो आप भी समाधिस्थ रहे।

तब भी इसी पृथ्वी पर था। जहाँ लालसा क्रन्दन करती है, दुःखानुभूति हँसती है और नियति अपने मिट्टी के पुतलों के साथ अपना क्रूर मनोविनोद करती है; किन्तु आप तो बहुत ऊँचे किसी स्वर्गीय भावना में ···

ठहरिए श्रीनाथजी! सुख और दुःख, आकाश और पृथ्वी, स्वर्ग और नरक के बीच में है वह सत्य, जिसे मनुष्य प्राप्त कर सकता है।

मुझे क्षमा कीजिए! अन्तरिक्ष में उड़ने की मुझमें शक्ति नहीं है। मैंने परिहासपूर्वक कहा।

साधारण मन की स्थिति को छोड़कर जब मनुष्य कुछ दूसरी बात सोचने के लिए प्रयास करता है, तब क्या वह उड़ने का प्रयास नहीं? हम लोग कहने के लिए द्विपद हैं, किन्तु देखिए तो जीवन में हम लोग कितनी बार उचकते हैं, उड़ान भरते हैं। वही तो उन्नति

की चेष्टा, जीवन के लिए संग्राम, और भी क्या-क्या नाम से प्रशंसित नहीं होती? तो मैं भी इसकी निन्दा करता; उठने की चेष्टा करनी चाहिए, किन्तु ···

आप यही न कहेंगे कि समझ-बूझकर एक बार उचकना चाहिए; किन्तु उस एक बार को—उस अचूक अवसर को जानना सहज नहीं। इसीलिए तो मनुष्यों को, जो सबसे बुद्धिमान प्राणी है, बार-बार धोखा खाना पड़ता है। उन्नति को उसने विभिन्न रूपों में अपनी आवश्यकताओं के साथ इतना मिलाया है कि उसे सिद्धान्त बना लेना पड़ा है कि उन्नति का द्वन्द्व पतन ही है।

संयम का वज्र-गम्भीर नाद प्रकृति से नहीं सुनते हो? शारीरिक क्रम तो गौण है, मुख्य संयम तो मानसिक है। श्रीनाथजी, आज लैला का वह मन का संयम क्या किसी महानदी की प्रखर धारा के अचल बाँध से कम था? मैं तो देखकर अवाक् था। आपकी उस समय विचित्र परिस्थिति रही। फिर भी कैसे सब निर्विघ्न समाप्त हो गया। उसे सोचकर तो मैं अब भी चकित हो जाता हूँ; क्या वह इस भयानक प्रतिरोध के धक्के को सम्हाल लेगी?

लैला के वक्षःस्थल में कितना भीषण अन्धड़ चल रहा होगा, इसका अनुभव हम लोग नहीं कर सकते! मैं भी अब इससे भयभीत हो रहा हूँ।

प्रज्ञासारथि चुप रहकर धीरे-धीरे कहने लगे—मैं तो कल जाऊँगा। यदि तुम्हारी सम्मति हो, तो रामेश्वर को भी साथ चलने के लिए कहूँ। मुंबई तक हम लोगों का साथ रहेगा और मालती इस भयावनी छाया से शीघ्र ही दूर हट जाएगी! फिर, तो सब कुशल ही है। ···

मेरे त्रस्त मन को शरण मिली। मैंने कहा—अच्छी बात है। प्रज्ञासारथि उठ गये। मैं वहीं बैठा रहा, और भी बैठा रहता, यदि मिन्ना और रंजन की किलकारी और रामेश्वर की डाँट-डपट—मालती की कलछी की खट-खट का कोलाहल ज़ोर न पकड़ लेता और कल्लू सामने आकर न खड़ा हो जाता।

प्रज्ञासारथि, रामेश्वर और मालती को गये एक सप्ताह से ऊपर हो गया। अभी तक उस वास्तविक संसार का कोलाहल सुदूर से आती हुई मधुर संगीत की प्रतिध्वनि के समान मेरे कानों में गूँज रहा था। मैं अभी तक उस मादकता को उतार न सका था। जीवन में पहले की-सी निश्चिन्तता का विराग नहीं, न तो वह बे-परवाही रही। मैं सोचने लगा कि अब मैं क्या करूँ?

कुछ करने की इच्छा क्यों? मन के कोने से चुटकी लेते कौन पूछ बैठा?

किये बिना तो रहा नहीं जाता।

करो भी, पाठशाला से क्या मन ऊब चला?

उतने से सन्तोष नहीं होता।

और क्या चाहिए?

यही तो नहीं समझ सका, नहीं तो यह प्रश्न ही क्यों करता कि—अब मैं क्या करूँ—मैंने झुंझलाकर कहा। मेरी बातों का उत्तर लेने-देने वाला मुस्कुराकर हट गया। मैं चिन्ता के अन्धकार में डूब गया! वह मेरी ही गहराई थी, जिसकी मुझे थाह न लगी। मैं प्रकृतिस्थ हुआ कब, जब एक उदास और ज्वालामयी तीव्र दृष्टि मेरी आँखों में घुसने लगी। अपने उस अन्धकार में मैंने एक ज्योति देखी।

मैं स्वीकार करूँगा कि वह लैला थी, इस पर हँसने की इच्छा हो तो हँस लीजिए, किन्तु मैं लैला को पा जाने के लिए विकल नहीं था, क्योंकि लैला जिसको पाने की अभिलाषा करती थी, वही उसे न मिला। और परिणाम ठीक मेरी आँखों के सामने था। तब? मेरी सहानुभूति क्यों जगी? हाँ, वह सहानुभूति थी। लैला जैसे दीर्घ पथ पर चलने वाले मुझे पथिक की चिरसंगिनी थी।

उस दिन इतना ही विश्वास करके मुझे सन्तोष हुआ।

रात को कलुआ ने पूछा—बाबूजी! आप घर न चलिएगा। मैं आश्चर्य से उसकी ओर देखने लगा। उसने हठ-भरी आँखों से फिर वही प्रश्न किया। मैंने हँसकर कहा—मेरा घर तो यही है रे कलुआ।

नहीं बाबूजी! जहाँ मिन्ना गये हैं। जहाँ रंजन और जहाँ कमलो गई हैं, वहीं तो घर है।

जहाँ बहूजी गई हैं—जहाँ बाबाजी ··· हठात् प्रज्ञासारथि का मुझे स्मरण हो आया। मुझे क्रोध में कहना पड़ा—कलुआ, मेरा और कहीं घर-वर नहीं है। फिर मन-ही-मन कहा—इस बात को वह बौद्ध समझता था—

"हूँ, सबको घर है, बाबाजी को, मिन्ना को—सबको है, आपको नहीं है?" उसने ठुनकते हुए कहा।

किन्तु मैं अपने ऊपर झुंझला रहा था। मैंने कहा—बकवाद न कर, जा सो रह, आजकल तू पढ़ता नहीं।

कलुआ सिर झुकाये—व्यथा-भरे वक्षःस्थल को दबाये अपने बिछौने पर जा पड़ा। और मैं उस निस्तब्ध रात्रि में जागता रहा! खिड़की में से झील का आन्दोलित जल दिखाई पड़ रहा था और

मैं आश्चर्य से अपना ही बनाया हुआ चित्र उसमें देख रहा था। चन्दा के प्रशान्त जल में एक छोटी-सी नाव है, जिस पर मालती, रामेश्वर बैठे थे और मैं डाँड़ा चला रहा था। प्रज्ञासारथि तीर पर खड़े बच्चों को बहला रहे थे। हम लोग उजली चाँदनी में नाव खेते हुए चले जा रहे थे। सहसा उस चित्र में एक और मूर्ति का प्रादुर्भाव हुआ। वह थी लैला! मेरी आँखें तिलमिला गईं।

मैं जागता था—सोता था।

सवेरा हो गया था। नींद से भरी आँखें नहीं खुलती थीं, तो भी बाहर के कोलाहल ने मुझे जगा दिया। देखता हूँ ईरानियों का एक झुण्ड बाहर खड़ा है।

मैंने पूछा—क्या है?

गुल ने कहा—यहाँ का पीर कहाँ है?

पीर!—मैंने आश्चर्य से पूछा।

हाँ वही, जो पीला-पीला कपड़ा पहनता था।

मैं समझ गया, वे लोग प्रज्ञासारथि को खोजते थे। मैंने कहा—वह तो यहाँ नहीं हैं, अपने घर गये। काम क्या है?

एक लड़की को हवा लगी है, यहीं का कोई आसेब है। पीर को दिखलाना चाहती हूँ।—एक अधेड़ स्त्री ने बड़ी व्याकुलता से कहा।

मैंने पूछा—भाई! मैं तो यह सब कुछ नहीं जानता। वह लड़की कहाँ है?

पड़ाव पर, बाबूजी! आप चलकर देख लीजिए।

आगे वह कुछ बोल न सकी। किन्तु गुल ने कहा—बाबू! तुम जानते हो, वही—लैला!

आगे मैं न सुन सका। अपनी ही अन्तर्ध्वनि से मैं व्याकुल हो गया। यही होता है, किसी के उजड़ने से ही दूसरा बसता है। यदि यही विधि-विधान है, तो बसने का नाम उजड़ना ही है। यदि रामेश्वर, मालती और अपने बाल-बच्चों की चिन्ता छोड़कर लैला को ही देखता, तभी ··· किन्तु वैसा हो कैसे सकता है! मैंने कल्पना की आँखों से देखा; लैला का विवर्ण सुन्दर मुख—निराशा की झुलस से दयनीय मुख!

उन ईरानियों से फिर से बात न करके मैं भीतर चला गया और तकिए में अपना मुँह छिपा लिया। पीछे सुना, कलुआ डाँट बताता हुआ कह रहा है—जाओ-जाओ, यहाँ बाबाजी नहीं रहते!

मैं लड़कों को पढ़ाने लगा। कितना आश्चर्यजनक भयानक परिवर्तन मुझमें हो गया! उसे देखकर मैं ही विस्मित होता था। कलुआ इन्हीं कई महीनों से मेरा एकान्त साथी बन गया। मैंने उसे बार-बार समझाया, किन्तु वह बीच-बीच में मुझसे घर चलने के लिए कह बैठता ही था। मैं हताश हो गया। अब वह जब घर चलने की बात कहता, तो मैं सिर हिलाकर कह देता—अच्छा, अभी चलूँगा।

दिन इसी तरह बीतने लगे। बसन्त के आगमन से प्रकृति सिहर उठी। वनस्पतियों की रोमावलि पुलकित थी। मैं पीपल के नीचे उदास बैठा हुआ ईषत् शीतल पवन से अपने शरीर में फुरहरी का अनुभव कर रहा था। आकाश की आलोक-माला चन्दा की वीथियों में डुबकियाँ लगा रही थी। निस्तब्ध रात्रि का आगमन बड़ा गम्भीर था।

दूर से एक संगीत की—नन्हीं-नन्हीं करुण वेदना की तान सुनाई पड़ रही थी। उस भाषा को मैं नहीं समझता था। मैंने समझा, यह

भी कोई छलना होगी। फिर सहसा मैं विचारने लगा कि नियति भयानक वेग से चल रही है। आँधी की तरह उसमें असंख्य प्राणी तृण-तूलिका के समान इधर-उधर बिखर रहे हैं। कहीं से लाकर किसी को वह मिला ही देती है और ऊपर से कोई बोझे की वस्तु भी लाद देती है कि वे चिरकाल तक एक-दूसरे से सम्बद्ध रहें। सचमुच! कल्पना प्रत्यक्ष हो चली। दक्षिण का आकाश धूसर हो चला—एक दानव ताराओं को निगलने लगा। पक्षियों का कोलाहल बढ़ा। अन्तरिक्ष व्याकुल हो उठा! कड़वाहट में सभी आश्रय खोजने लगे; किन्तु मैं कैसे उठता! वह संगीत की ध्वनि समीप आ रही थी। वज्रनिर्घोष को भेदकर कोई कलेजे से गा रहा था। अन्धकार में साम्राज्य में तृण, लता, वृक्ष सचराचर कम्पित हो रहे थे।

कलुआ की चीत्कार सुनकर भीतर चला गया। उस भीषण कोलाहल में भी वही संगीत-ध्वनि पवन के हिंडोले पर झूल रही थी, मानो पाठशाला के चारों ओर लिपट रही थी। सहसा एक भीषण अर्राहट हुई। अब मैं टार्च लिए बाहर आ गया।

आँधी रुक गई थी। मैंने देखा कि पीपल की बड़ी-सी डाल फटी पड़ी है और लैला नीचे दबी हुई अपनी भावनाओं की सीमा पार कर चुकी है।

मैं अब भी चन्दा-तट की बौद्ध पाठशाला का अवैतनिक अध्यक्ष हूँ। प्रज्ञासारथि के नाम को कोसता हुआ दिन बिताता हूँ। कोई उपाय नहीं। वही जैसे मेरे जीवन का केन्द्र है।

आज भी मेरे हृदय में आँधी चला करती है और उसमें लैला का मुख बिजली की तरह कौंधा करता है।

मधुआ

आज सात दिन हो गये, पीने को कौन कहे—छुआ तक नहीं ! आज सातवाँ दिन है, सरकार !

तुम झूठे हो। अभी तो तुम्हारे कपड़े से महक आ रही है।

वह ··· वह तो कई दिन हुए। सात दिन के ऊपर—कई दिन हुए—अँधेरे में बोतल उँड़ेलने लगा था। कपड़े पर गिर जाने से नशा भी न आया। और आपको कहने का ··· क्या कहूँ ··· सच मानिए। सात दिन—ठीक सात दिन से एक बूँद भी नहीं।

ठाकुर सरदार सिंह हँसने लगे। लखनऊ में लड़का पढ़ता था। ठाकुर साहब भी कभी-कभी वहीं आ जाते। उनको कहानी सुनने का चसका था। खोजने पर यही शराबी मिला। वह रात को, दोपहर में, कभी-कभी सबेरे भी आता। अपनी लच्छेदार कहानी सुनाकर ठाकुर का मनोविनोद करता।

ठाकुर ने हँसते हुए कहा—तो आज पियोगे न !

झूठ कैसे कहूँ। आज तो जितना मिलेगा, सब पिऊँगा। सात दिन चने-चबेने पर बिताये हैं, किसलिए।

अद्भुत ! सात दिन पेट काटकर आज अच्छा भोजन न करके तुम्हें पीने की सूझी है ! यह भी ···

सरकार ! मौज-बहार की एक घड़ी, एक लम्बे दुःखपूर्ण जीवन से अच्छी है। उसकी ख़ुमारी में रूखे दिन काट लिए जाते हैं।

अच्छा, आज दिन भर तुमने क्या-क्या किया है?

मैंने?—अच्छा सुनिए—सवेरे कुहरा पड़ता था, मेरे धुआँसे कम्बल-सा वह भी सूर्य के चारों ओर लिपटा था। हम दोनों मुँह छिपाये पड़े थे।

ठाकुर साहब ने हँसकर कहा—अच्छा, तो इस मुँह छिपाने का कोई कारण?

सात दिन से एक बूंद भी गले न उतरी थी। भला मैं कैसे मुँह दिखा सकता था! और जब बारह बजे धूप निकली, तो फिर लाचारी थी! उठा, हाथ-मुँह धोने में जो दुख हुआ, सरकार, वह क्या कहने की बात है! पास में पैसे बचे थे। चना चबाने से दाँत भाग रहे थे। कट-कटी लग रही थी। पराँठे वाले के यहाँ पहुँचा, धीरे-धीरे खाता रहा और अपने को सेंकता भी रहा। फिर गोमती किनारे चला गया! घूमते-घूमते अँधेरा हो गया, बूंदें पड़ने लगीं, तब कहीं भाग के आपके पास आ गया।

अच्छा, जो उस दिन तुमने गड़रिए वाली कहानी सुनाई थी, जिसमें आसफुद्दौला ने उसकी लड़की का आँचल भुने हुए भुट्टे के दाने के बदले मोतियों से भर दिया था! वह क्या सच है?

सच! अरे, ग़रीब लड़की भूख से उसे चबाकर थू-थू करने लगी! ··· रोने लगी! ऐसी निर्दयी दिल्लगी बड़े लोग कर ही बैठते हैं। सुना है श्री रामचन्द्र ने भी हनुमान जी से ऐसा ही ···

ठाकुर साहब ठठाकर हँसने लगे। पेट पकड़कर हँसते-हँसते लोट गये। साँस बटोरते हुए सम्हल कर बोले—और बड़प्पन किसे कहते हैं? कंगाल तो कंगाल! गधी लड़की! भला उसने कभी मोती देखे

थे, चबाने लगी होगी। मैं सच कहता हूँ, आज तक तुमने जितनी कहानियाँ सुनाईं, सबमें बड़ी टीस थी। शाहज़ादों के दुखड़े, रंग-महल की अभागिनी बेगमों के निष्फल प्रेम, करुण कथा और पीड़ा से भरी हुई कहानियाँ ही तुम्हें आती हैं, पर ऐसी हँसाने वाली कहानी और सुनाओ, तो मैं अपने सामने ही बढ़िया शराब पिला सकता हूँ।

सरकार! बूढ़ों से सुने हुए वे नवाबी के सोने-से दिन, अमीरों की रँग-रेलियाँ, दुखियों की दर्द-भरी आहें, रंगमहलों में घुट-घुटकर मरने वाली बेगमें, अपने-आप सिर में चक्कर काटती रहती हैं। मैं उनकी पीड़ा से रोने लगता हूँ। अमीर कंगाल हो जाते हैं। बड़े-बड़ों का घमंड चूर होकर धूल में मिल जाता है। तब भी दुनिया बड़ी पागल है। मैं उसके पागलपन को भुलाने के लिए शराब पीने लगता हूँ— सरकार! नहीं तो यह बुरी बला कौन अपने गले लगाता!

ठाकुर साहब ऊँघने लगे थे। अँगीठी में कोयला दहक रहा था। शराबी सर्दी में ठिठुरा जा रहा था। वह हाथ सेंकने लगा। सहसा नींद से चौंककर ठाकुर साहब ने कहा—अच्छा जाओ, मुझे नींद लग रही है। वह देखो, एक रुपया पड़ा है, उठा लो। लल्लू को भेजते जाओ।

शराबी रुपया उठाकर धीरे से खिसका। लल्लू था ठाकुर साहब का जमादार। उसे खोजते हुए जब वह फाटक पर की बगल वाली कोठरी के पास पहुँचा, तो सुकुमार कंठ से सिसकने का शब्द सुनाई पड़ा। वह खड़ा होकर सुनने लगा।

तो सूअर, रोता क्यों है? कुँवर साहब ने दो ही लातें लगाई हैं! कुछ गोली तो नहीं मार दी?—कर्कश स्वर से लल्लू बोल रहा था; किन्तु उत्तर में सिसकियों के साथ एकाध हिचकी ही सुनाई पड़ जाती। अब और भी कठोरता से लल्लू ने कहा—मधुआ! जा

सो रह, नख़रा न कर, नहीं तो उठूँगा तो खाल उधेड़ दूँगा! समझा न?

शराबी चुपचाप सुन रहा था। बालक की सिसकी और बढ़ने लगी। फिर उसे सुनाई पड़ा—ले, अब भागता है कि नहीं? क्यों मार खाने पर तुला है?

भयभीत बालक बाहर चला आ रहा था। शराबी ने उसके छोटे से सुन्दर गोरे मुँह को देखा। आँसू की बूंदें ढलक रही थीं। बड़े दुलार से उसका मुँह पोंछते हुए उसे लेकर वह फाटक के बाहर चला आया। दस बज रहे थे। कड़ाके की सर्दी थी। दोनों चुपचाप चलने लगे। शराबी की मौन सहानुभूति को उस छोटे-से सरल हृदय ने स्वीकार कर लिया। वह चुप हो गया। अभी वह एक तंग गली पर रुका ही था कि बालक के फिर से सिसकने की आहट लगी। वह झिड़क कर बोल उठा—

अब क्यों रोता है रे छोकरे?

मैंने दिन भर से कुछ खाया नहीं।

कुछ खाया नहीं; इतने बड़े अमीर के यहाँ रहता है और दिन भर तुझे खाने को नहीं मिला?

यही कहने तो मैं गया था जमादार के पास; मार तो रोज़ ही खाता हूँ। आज तो खाना ही नहीं मिला। कुँवर साहब का ओवरकोट लिए खेल में दिन भर साथ रहा। सात बजे लौटा, तो और भी नौ बजे तक कुछ काम करना पड़ा। आटा रख नहीं सका था। रोटी बनती तो कैसे! जमादार से कहने गया था! भूख की बात कहते-कहते बालक के ऊपर उसकी दीनता और भूख ने एक साथ ही जैसे आक्रमण कर दिया, वह फिर हिचकियाँ लेने लगा।

शराबी उसका हाथ पकड़कर घसीटता हुआ गली में ले चला। एक गन्दी कोठरी का दरवाज़ा ढकेलकर बालक को लिए हुए वह भीतर पहुँचा टटोलते हुए सलाई से मिट्‌टी की ढिबरी जलाकर वह फटे कम्बल के नीचे से कुछ खोजने लगा। एक पराँठे का टुकड़ा मिला! शराबी उसे बालक के हाथ में देकर बोला—तब तक तू इसे चबा, मैं तेरा गढ़ा भरने के लिए कुछ और ले आऊँ—सुनता है रे छोकरे! रोना मत, रोएगा तो खूब पीटूँगा। मुझे रोने से बड़ा बैर है। पाजी कहीं का, मुझे भी रुलाने का ···

शराबी गली के बाहर भागा। उसके हाथ में एक रुपया था। बाहर आने का एक देशी अद्धा और दो आने की चाय ··· दो आने की पकौड़ी ··· नहीं-नहीं, आलू-मट ··· अच्छा, न सही, चारों आने का मांस ही ले लूँगा, पर यह छोकरा इसका गढ़ा जो भरना होगा, यह कितना खाएगा और क्या खाएगा? ओह! आज तक तो कभी मैंने दूसरों के खाने का सोच-विचार किया ही नहीं। तो क्या ले चलूँ?—पहले एक अद्धा तो ले लूँ।—इतना सोचते-सोचते उसकी आँखों पर बिजली के प्रकाश की झलक पड़ी। उसने अपने को मिठाई की दुकान पर खड़ा पाया। वह शराब का अद्धा लेना भूलकर मिठाई-पूरी खरीदने लगा। नमकीन लेना भी न भूला। पूरा एक रुपए का सामान लेकर वह दुकान से हटा। जल्द पहुँचने के लिए एक तरह से दौड़ने लगा। अपनी कोठरी में पहुँचकर उसने डोनों की पाँत बालक के सामने सजा दी। उनकी सुगन्ध से बालक के गले में एक तरावट पहुँची। वह मुस्कराने लगा।

शराबी ने मिट्टी की गगरी से पानी उँड़ेलते हुए कहा—नटखट

कहीं का, हँसता है, सोंधी बास नाक में पहुँची न! ले खूब, ठूँस कर खा ले, और फिर रोया कि पीटा!

दोनों ने, बहुत दिन पर मिलने वाले दो मित्रों की तरह साथ बैठकर भरपेट खाया। सीली जगह में सोते हुए बालक ने शराबी का पुराना बड़ा कोट ओढ़ लिया था। जब उसे नींद आ गई, तो शराबी भी कम्बल तान कर बड़बड़ाने लगा। सोचा था, आज सात दिन पर भरपेट पीकर सोऊँगा लेकिन यह छोटा-सा रोना पाजी, न जाने कहाँ से आ धमका?

एक चिन्तापूर्ण आलोक में आज पहले-पहल शराबी ने आँख खोलकर कोठरी में बिखरी हुई दारिद्र्य की विभूति को देखा और देखा उस घुटनों से ठुड्डी लगाये हुए निरीह बालक को; उसने तिलमिलाकर मन-ही-मन प्रश्न किया—किसने ऐसे सुकुमार फूल को कष्ट देने के लिए निर्दयता की सृष्टि की? आह री नियति! तब इसको लेकर मुझे घर-बारी बनना पड़ेगा क्या? दुर्भाग्य! जिसे मैंने कभी सोचा भी न था। मेरी इतनी माया-ममता—जिस पर, आज तक केवल बोतल का ही पूरा अधिकार था—इसका पक्ष क्यों लेने लगी? इस छोटे-से पाजी ने मेरे जीवन के लिए कौन-सा इन्द्रजाल रचने का बीड़ा उठाया है? तब क्या करूँ? कोई काम करूँ? कैसे दोनों का पेट चलेगा? नहीं, भगा दूँगा इसे—आँख तो खोले?

बालक अँगड़ाई ले रहा था। वह उठ बैठा। शराबी ने कहा ले उठ, कुछ खा ले, अभी रात को बचा हुआ है; और अपनी राह देख! तेरा नाम क्या है रे?

बालक ने सहज हँसी हँस कर कहा—मधुआ! भला हाथ-मुँह भी न धोऊँ। खाने लगूँ? और जाऊँगा कहाँ?

आह! कहाँ बताऊँ इसे कि चला जाय! कह दूँ कि भाड़ में जा; किन्तु वह आज तक दुःख की भट्टी में जलता ही रहा है। तो ··· वह चुपचाप घर से झल्लाकर सोचता हुआ निकला—ले पाजी, अब यहाँ लौटूँगा ही नहीं। तू ही इस कोठरी में रह!

शराबी घर से निकला। गोमती किनारे पहुँचने पर उसे स्मरण हुआ कि वह कितनी ही बातें सोचता आ रहा था, पर कुछ भी सोच न सका। हाथ-मुँह धोने लगा। उजली धूप निकल आई थी। वह चुपचाप गोमती की धारा को देख रहा था। धूप की गरमी से सुखी होकर वह चिन्ता भुलाने का प्रयत्न कर रहा था कि किसी ने पुकारा—

भले आदमी रहे कहाँ? सालों पर दिखाई पड़े। तुमको खोजते-खोजते मैं थक गया।

शराबी ने चौंककर देखा। वह कोई जान-पहचान का तो मालूम होता था; पर कौन है, यह ठीक-ठीक न जान सका।

उसने फिर कहा—तुम्हीं से कह रहे हैं। सुनते हो, उठा ले जाओ अपनी सान धरने की कल, नहीं तो सड़क पर फेंक दूँगा। एक ही तो कोठरी, जिसका मैं दो रुपये किराया देता हूँ, उसमें क्या मुझे अपना कुछ रखने के लिए नहीं है?

ओहो? रामजी, तुम हो भाई, मैं भूल गया था। तो चलो, आज ही उसे उठा लाता हूँ।—कहते हुए शराबी ने सोचा—अच्छी रही, उसी को बेचकर कुछ दिनों तक काम चलेगा।

गोमती नहा कर, रामजी, पास ही अपने घर पर पहुँचा। शराबी की कल देते हुए उसने कहा—ले जाओ, किसी तरह मेरा इससे पिण्ड छूटे।

बहुत दिनों पर आज उसको कल ढोना पड़ा। किसी तरह अपनी कोठरी में पहुँचकर उसने देखा कि बालक बैठा है। बड़बड़ाते हुए उसने पूछा—क्यों रे, तूने कुछ खा लिया कि नहीं? भर-पेट खा चुका हूँ, और वह देखो तुम्हारे लिए भी रख दिया है। कहकर उसने अपनी स्वाभाविक मधुर हँसी से उस रूखी कोठरी को तर कर दिया। शराबी एक क्षण भर चुप रहा। फिर चुपचाप जल-पान करने लगा। मन-ही-मन सोच रहा था—यह भाग्य का संकेत नहीं, तो और क्या है? चलूँ फिर सान देने का काम चलता करूँ। दोनों का पेट भरेगा। वही पुराना चरख़ा फिर सिर पड़ा। नहीं तो, दो बातें क़िस्सा कहानी इधर-उधर की कहकर अपना काम चला ही लेता था? पर अब तो बिना कुछ किये घर नहीं चलने का। जल पीकर बोला—क्यों रे मधुआ, अब तू कहाँ जाएगा?

कहीं नहीं।

यह लो, तो फिर क्या यहाँ जमा गड़ी है कि मैं खोद-खोद कर तुझे मिठाई खिलाता रहूँगा।

तब कोई काम करना चाहिए।

करेगा?

जो कहो?

अच्छा, तो आज से मेरे साथ-साथ घूमना पड़ेगा। यह कल तेरे लिए लाया हूँ! चल, आज से तुझे सान देना सिखाऊँगा। कहाँ, इसका कुछ ठीक नहीं। पेड़ के नीचे रात बिता सकेगा न?

कहीं भी रह सकूँगा; पर उस ठाकुर की नौकरी न कर सकूँगा?—शराबी ने एक बार स्थिर दृष्टि से उसे देखा। बालक की आँखें दृढ़ निश्चय की सौगन्ध खा रही थीं।

शराबी ने मन-ही-मन कहा—बैठे-बैठाये यह हत्या कहाँ से लगी? अब तो शराब न पीने की मुझे भी सौगन्ध लेनी पड़ी।

वह साथ ले जाने वाली वस्तुओं को बटोरने लगा। एक गट्ठर का और दूसरा कल का, दो बोझ हुए।

शराबी ने पूछा—तू किसे उठाएगा?

जिसे कहो।

अच्छा, तेरा बाप जो मुझको पकड़े तो?

कोई नहीं पकड़ेगा, चलो भी। मेरे बाप कभी के मर गये।

शराबी आश्चर्य से उसका मुँह देखता हुआ कल उठाकर खड़ा हो गया। बालक ने गठरी लादी। दोनों कोठरी छोड़कर चल पड़े।

घीसू

सन्ध्या की कालिमा और निर्जनता में किसी कुएँ पर नगर के बाहर बड़ी प्यारी स्वर-लहरी गूँजने लगती। घीसू को गाने का चसका था, परन्तु जब कोई न सुने वह अपनी बूटी अपने लिए घोंटता और आप ही पीता!

जब उसकी रसीली तान दो-चार को पास बुला लेती, वह चुप हो जाता। अपनी बटुई में सब सामान बटोरने लगता और चल देता। कोई नया कुआँ खोजता, कुछ दिन वहाँ अड्डा जमता।

सब करने पर भी वह नौ बजे नन्दू बाबा के कमरे में पहुँच ही जाता। नन्दू बाबू का भी वही समय था, बीन लेकर बैठने का। घीसू को देखते ही वह कह देते—आ गये, घीसू!

हाँ बाबू, गहरेबाज़ों ने बड़ी धूल उड़ाई—साफ़े का लोच आते-आते बिगड़ गया! कहते-कहते वह प्राय: अपने जयपुरी गमछे को बड़ी मीठी आँखों से देखता और नन्द बाबू उसके कन्धे तक बाल, छोटी-छोटी दाढ़ी, बड़ी-बड़ी गुलाबी आँखों को स्नेह से देखते। घीसू उनका नित्य दर्शन करने वाला, उनकी बीन सुनने वाला भक्त था। नन्दू बाबू उसे अपने डिब्बे से दो खिल्ली पान की देते हुए कहते—लो, इसे जमा लो! क्यों, तुम तो इसे जमा लेना ही कहते हो न?

वह विनम्र भाव से पान लेते हुए हँस देता—उसके स्वच्छ मोती-से दाँत हँसने लगते।

घीसू की अवस्था पच्चीस की होगी। उसकी बूढ़ी माता को मरे भी तीन वर्ष हो गये थे।

नन्दू बाबू की बीन सुनकर वह बाज़ार से कचौड़ी और दूध लेता, घर जाता, अपनी कोठरी में गुनगुनाता हुआ सो रहता।

उसकी पूँजी भी एक सौ रुपये। वह रेज़गी और पैसे की थैली लेकर दशाश्वमेध पर बैठता, एक पैसा रुपया बट्टा लिया करता और उसके बारह-चौदह आने की बचत हो जाती थी।

गोविन्दराम जब बूटी बनाकर उसे बुलाते, वह अस्वीकार करता।

गोविन्दराम कहते—बड़ा कंजूस है। सोचता है, पिलाना पड़ेगा, इसी डर से नहीं पीता।

घीसू कहता—नहीं भाई, मैं सन्ध्या को केवल एक बार ही पीता हूँ।

गोविन्दराम के घाट पर बिन्दो नहाने आती, दस बजे। उसकी उजली धोती में गोराई फूटी पड़ती। कभी रेज़गी पैसे लेने के लिए वह घीसू के सामने आकर खड़ी हो जाती, उस दिन घीसू को असीम आनन्द होता। वह कहती—देखो, घिसे पैसे न देना।

वाह बिन्दो ! घिसे पैसे तुम्हारे ही लिए हैं ? क्यों ?

तुम तो घीसू ही हो, फिर तुम्हारे पैसे क्यों न घिसे होंगे ?—कहकर जब वह मुस्करा देती; तो घीसू कहता—बिन्दो ! इस दुनिया में मुझसे अधिक कोई न घिसा; इसीलिए तो मेरे माता-पिता ने घीसू नाम रक्खा था।

बिन्दो की हँसी आँखों में लौट जाती। वह एक दबी हुई साँस लेकर दशाश्वमेध के तरकारी-बाज़ार में चली जाती।

बिन्दो नित्य रुपया नहीं तुड़ाती; इसीलिए घीसू को इसकी बातों के सुनने का आनन्द भी किसी-किसी दिन न मिलता। तो भी वह एक नशा था, जिससे कई दिनों के लिए भरपूर तृप्ति हो जाती, वह मूक मानसिक विनोद था।

घीसू नगर के बाहर गोधूलि की हरी-भरी क्षितिज-रेखा में उसके सौन्दर्य से रंग भरता, गाता, गुनगुनाता और आनन्द लेता। घीसू की जीवन-यात्रा का वही सम्बल था, वही पाथेय था।

सन्ध्या की शून्यता, बूटी की गमक, तानों की रसीली गुनाहट और

नन्दू बाबू की बीन, सब बिन्दो की आराधना की सामग्री थी। घीसू कल्पना के सुख से सुखी होकर सो रहता।

उसने कभी विचार भी न किया था कि बिन्दो कौन है? किसी तरह से उसे इतना तो विश्वास हो गया था कि वह एक विधवा है; परन्तु इससे अधिक जानने की उसे जैसे आवश्यकता नहीं।

रात के आठ बजे थे, घीसू बाहरी ओर से लौट रहा था। सावन के मेघ घिरे थे, फूही पड़ रही थी। घीसू गा रहा था—**"निसि दिन बरसत नैन हमारे"**।

सड़क पर कीचड़ की कमी न थी। वह धीरे-धीरे चल रहा था, गाता जाता था। सहसा वह रुका। एक जगह सड़क में पानी इकट्ठा था। छींटों से बचने के लिए वह ठिठककर-किधर से चलें—सोचने लगा। पास के बगीचे के कमरे से उसे सुनाई पड़ा—यही तुम्हारा दर्शन है—यहाँ इस मुँहजली को लेकर पड़े हो। मुझसे ···।

दूसरी ओर से कहा गया—तो इसमें क्या हुआ! क्या तुम मेरी ब्याही हुई हो, जो मैं तुम्हें इसका जबाब देता फिरूँ?—इस शब्द में भर्राहट थी, शराबी की बोली थी।

घीसू ने सुना, बिन्दो कह रही थी—मैं कुछ नहीं हूँ लेकिन तुम्हारे साथ मैंने धर्म बिगाड़ा है सो इसीलिए नहीं कि तुम मुझे फटकारते फिरो। मैं इसका गला घोंट दूँगी और—तुम्हारा भी ··· बदमाश ···।

ओहो! मैं बदमाश हूँ! मेरा ही खाती है और मुझसे ही ··· ठहर तो, देखूं किसके साथ तू यहाँ आई है, जिसके भरोसे इतना बढ़-बढ़कर बातें कर रही है! पाजी ··· लुच्ची ··· भाग, नहीं तो छुरा भोंक दूँगा!

छुरा भोंकेगा! मार डाल हत्यारे! मैं आज अपनी और तेरी जान दूँगी और लूँगी—तुझे भी फाँसी पर चढ़वाकर छोड़ूँगी!

एक चिल्लाहट और धक्कम-धक्का का शब्द हुआ। घीसू से अब न रहा गया, उसने बग़ल में दरवाज़े पर धक्का दिया, खुला हुआ था, भीतर घूम-फिरकर पलक मारते-मारते घीसू कमरे में जा पहुँचा। बिन्दो गिरी हुई थी और एक अधेड़ मनुष्य उसका जूड़ा पकड़े था। घीसू की गुलाबी आँखों से ख़ून बरस रहा था। उसने कहा—हैं! यह औरत है ··· इसे ···

मारने वाले ने कहा—तभी तो, इसी के साथ यहाँ तक आई हो! लो, यह तुम्हारा यार आ गया।

बिन्दो ने घूमकर देखा—घीसू! वह रो पड़ी।

अधेड़ ने कहा—ले, चली जा, मौज कर! आज से मुझे अपना मुँह मत दिखाना!

घीसू ने कहा—भाई, तुम विचित्र मनुष्य हो। लो चला जाता हूँ। मैंने तो छुरा भौंकने इत्यादि और चिल्लाने का शब्द सुना, इधर चला आया। मुझसे तुम्हारे झगड़े का क्या सम्बन्ध!

मैं कहाँ ले जाऊँगा भाई! तुम जानो, तुम्हारा काम जाने। लो, मैं जाता हूँ कहकर घीसू जाने लगा।

बिन्दो ने कहा—ठहरो!

घीसू रुक गया।

बिन्दो ने फिर कहा—तो जाती हूँ,—अब इसी के संग ...

हाँ-हाँ, वह भी क्या पूछने की बात है!

बिन्दो चली, घीसू भी पीछे-पीछे बग़ीचे के बाहर निकल आया।

सड़क सुनसान थी। दोनों चुपचाप चले। गोदौलिया चौमुँहानी पर आकर घीसू ने पूछा—अब तो तुम अपने घर चली जाओगी!

कहाँ जाऊँगी! अब तुम्हारे घर चलूँगी।

घीसू बड़े असंमजस में पड़ा। उसने कहा—मेरे घर कहाँ? नन्दू बाबू की एक कोठरी है, वहीं पड़ा रहता हूँ, तुम्हारे वहाँ रहने की जगह कहाँ।

बिन्दो ने रो दिया। चादर के छोर से आँसू पोंछती हुई, उसने कहा—तो फिर तुमको इस समय वहाँ पहुँचने की क्या पड़ी थी। मैं जैसा होता, भुगत लेती! तुमने वहाँ पहुँचकर मेरा सब चौपट कर दिया—मैं कहीं की न रही!

सड़क पर बिजली के उजाले में रोती हुई बिन्दो से बात करने में घीसू का दम घुटने लगा। उसने कहा—तो चलो।

दूसरे दिन, दोपहर को थैली गोविन्दराम के घाट पर रखकर घीसू चुपचाप बैठा रहा। गोविन्दराम की बूटी बन रही थी। उन्होंने कहा—घीसू, आज बूटी लोगे?

घीसू कुछ न बोला।

गोविन्दराम ने उसका उतरा हुआ मुँह देखकर कहा—क्या कहें घीसू! आज तुम उदास क्यों हो?

क्या कहूँ भाई! कहीं रहने की जगह खोज रहा हूँ—कोई छोटी-सी कोठरी मिल जाती, जिसमें सामान रखकर ताला लगा दिया करता।

गोविन्दराम ने पूछा—जहाँ रहते थे?

वहाँ अब जगह नहीं है।

इसी मढ़ी में क्यों नहीं रहते! ताला लगा दिया करो, मैं तो चौबीस घण्टे रहता नहीं।

घीसू की आँखों में कृतज्ञता के आँसू भर आये।

गोविन्द ने कहा—तो उठो, आज तो बूटी छान लो।

घीसू पैसे की दुकान लगाकर अब भी बैठता है और बिन्दो नित्य गंगा नहाने आती है। वह घीसू की दुकान पर खड़ी होती है, उसे वह चार आने पैसे देता है। अब दोनों हँसते नहीं, मुस्कराते नहीं।

घीसू का बाहरी ओर जाना छूट गया है। गोविन्दराम की डोंगी पर उस पार हो आता है, लौटते हुए बीच गंगा में से उसकी लहरीली तान सुनाई पड़ती है; किन्तु घाट पर आते-आते चुप।

बिन्दो नित्य पैसा लेने आती। न तो कुछ बोलती और न घीसू कुछ कहता। घीसू की बड़ी-बड़ी आँखों के चारों ओर हलके गढ़े पड़ गये थे, बिन्दो उसे स्थिर दृष्टि से देखती और चली जाती। दिन-पर-दिन वह यह भी देखती कि पैसों की ढेरी कम होती जाती है। घीसू का शरीर भी गिरता जा रहा है। फिर भी एक शब्द नहीं, एक बार पूछने का काम नहीं।

गोविन्दराम ने एक दिन पूछा—घीसू, तुम्हारी तान इधर सुनाई नहीं पड़ी।

उसने कहा—तबीयत अच्छी नहीं है।

गोविन्द ने उसका हाथ पकड़कर कहा—क्या तुम्हें ज्वर आता है?

नहीं तो, यों ही आजकल भोजन बनाने में आलस करता हूँ, अण्ड-बण्ड खा लेता हूँ।

गोविन्दराम ने पूछा—बूटी छोड़ दिया, इसी से तुम्हारी यह दशा है।

उस समय घीसू सोच रहा था—नन्दू बाबू की बीन सुने बहुत दिन हुए, वे क्या सोचते होंगे !

गोविन्दराम के चले जाने पर घीसू अपनी कोठरी में लेटा रहा। उसे सचमुच ज्वर आ गया।

भीषण ज्वर था, रात-भर वह छटपटाता रहा। बिन्दो समय पर आई, मढ़ी के चबूतरे पर उस दिन घीसू की दुकान न थी। वह खड़ी रही। फिर सहसा उसने दरवाज़ा धकेलकर भीतर देखा—घीसू छटपटा रहा था ! उसने जल पिलाया।

घीसू ने कहा—बिन्दो। क्षमा करना; मैंने तुम्हें बड़ा दुःख दिया। अब मैं चला। लो, यह बचा हुआ पैसा ! तुम जानो भगवान्··· कहते-कहते उसकी आँखें टँग गईं। बिन्दो की आँखों से आँसू बहने लगे। वह गोविन्दराम को बुला लाई।

बिन्दो अब भी बची हुई पूँजी से पैसे की दुकान करती है। उसका यौवन, रूप-रंग कुछ नहीं रहा। बच रहा—थोड़ा-सा पैसा और बड़ा-सा पेट—और पहाड़-से आनेवाले दिन !

पुरस्कार

आर्द्रा नक्षत्र; आकाश के काले-काले बादलों की घुमड़, जिसमें देव-दुन्दुभी का गम्भीर घोष। प्राची के एक निरभ्र कोने से स्वर्ण-पुरुष झाँकने लगा था।—देखने लगा महाराज की सवारी। शैलमाला के अंचल में समतल उर्वरा भूमि से सोंधी बास उठ रही थी। नगर-तोरण से जयघोष हुआ, भीड़ में गजराज का चामरधारी शुण्ड उन्नत दिखाई पड़ा। वह हर्ष और उत्साह का समुद्र हिलोर भरता हुआ आगे बढ़ने लगा—

प्रभात की हेम-किरणों से अनुरंजित नन्हीं-नन्हीं बूँदों का एक झोंका स्वर्णमल्लिका के समान बरस पड़ा। मंगल सूचना से जनता ने हर्ष-ध्वनि की।

रथों, हाथियों और अश्वारोहियों की पंक्ति जम गई। दर्शकों की भीड़ भी कम न थी। गजराज बैठ गया, सीढ़ियों से महाराज उतरे। सौभाग्यवती और कुमारी सुन्दरियों के दो दल, आम्रपल्लवों से सुशोभित मंगल-कलश और फूल, कुंकुम तथा खीलों से भरे थाल लिए, मधुरगान करते हुए आगे बढ़े।

महाराज के मुख पर मधुर मुस्कान थी। पुरोहित-वर्ग ने स्वस्त्ययन किया। स्वर्ण-रंजित हल की मूठ पकड़कर महाराज ने जुते हुए सुन्दर पुष्ट बैलों को चलने का संकेत किया। बाजे बजने लगे। किशोरी कुमारियों ने खीलों और फूलों की वर्षा की।

कोशल का यह उत्सव प्रसिद्ध था। एक दिन के लिए महाराज को कृषक बनना पड़ता—उस दिन इन्द्र-पूजन की धूमधाम होती; गोठ होती। नगर-निवासी उस पहाड़ी भूमि में आनन्द मनाते। प्रतिवर्ष कृषि का यह महोत्सव उत्साह से सम्पन्न होता; दूसरे राज्यों से भी युवक राजकुमार इस उत्सव में बड़े चाव से आकर योग देते।

मगध का एक राजकुमार अरुण अपने रथ पर बैठा बड़े कुतूहल से यह दृश्य देख रहा था।

बीजों का एक थाल लिए कुमारी मधूलिका महाराज के साथ थी। बीज बोते हुए महाराज जब हाथ बढ़ाते, तब मधूलिका उनके सामने थाल कर देती। यह खेत मधूलिका का था, जो इस साल महाराज की खेती के लिए चुना गया था। इसलिए बीज देने का सम्मान मधूलिका को ही मिला। वह कुमारी थी। सुन्दरी थी। कौशेयवसन उसके शरीर पर इधर-उधर लहराता हुआ स्वयं शोभित हो रहा था। वह कभी उसे सम्हालती और कभी अपने रूखे अलकों को। कृषक बालिका के शुभ्र भाल पर श्रमकणों की भी कमी न थी, वे सब बरौनियों में गूँथे जा रहे थे। सम्मान और लज्जा उसके अधरों पर मन्द मुस्कराहट के साथ सिहर उठते; किन्तु महाराज को बीज देने में उसने शिथिलता नहीं की। सब लोग महाराज का हल चलाना देख रहे थे—विस्मय से कुतूहल से। और अरुण देख रहा था कृषक कुमारी मधूलिका को। आह कितना भोला सौन्दर्य ! कितनी सरल चितवन !

उत्सव का प्रधान कृत्य समाप्त हो गया। महाराज ने मधूलिका के खेत का पुरस्कार दिया, थाल में कुछ स्वर्ण मुद्राएँ। वह राजकीय अनुग्रह था। मधूलिका ने थाली सिर से लगा ली; किन्तु साथ उसमें

की स्वर्णमुद्राओं को महाराज पर न्योछावर करके बिखेर दिया। मधूलिका की उस समय की ऊर्जस्वित मूर्ति लोग आश्चर्य से देखने लगे! महाराज की भृकुटि भी ज़रा चढ़ी ही थी कि मधूलिका ने सविनय कहा—

देव! यह मेरे पितृ-पितामहों की भूमि है। इसे बेचना अपराध है; इसलिए मूल्य स्वीकार करना मेरी सामर्थ्य के बाहर है। महाराज के बोलने के पहले ही वृद्ध मन्त्री ने तीखे स्वर से कहा—अबोध! क्या बक रही है? राजकीय अनुग्रह का तिरस्कार! तेरी भूमि से चौगुना मूल्य है; फिर कौशल का तो यह सुनिश्चित राष्ट्रीय नियम है। तू आज से राजकीय रक्षण पाने की अधिकारिणी हुई, इस धन से अपने को सुखी बना।

राजकीय रक्षण की अधिकारिणी तो सारी प्रजा है, मन्त्रीवर! ··· महाराज को भूमि-समर्पण करने में मेरा कोई विरोध न था और न है; किन्तु मूल्य स्वीकार करना असम्भव है।—मधूलिका उत्तेजित हो उठी थी।

महाराज के संकेत करने पर मन्त्री ने कहा—देव! वाराणसी-युद्ध के अन्यतम वीर सिंहमित्र की यह एकमात्र कन्या है।—महाराज चौंक उठे—सिंह मित्र की कन्या! जिसने मगध के सामने कोशल की लाज रख ली थी, उसी वीर की मधूलिका कन्या है?

हाँ, देव! सविनय मन्त्री ने कहा।

इस उत्सव के परम्परागत नियम क्या हैं, मन्त्रिवर?—महाराज ने पूछा।

देव, नियम तो बहुत साधारण हैं। किसी भी अच्छी भूमि को उत्सव

के लिए चुनकर नियमानुसार पुरस्कार-स्वरूप उसका मूल्य दे दिया जाता है। वह भी अत्यन्त अनुग्रहपूर्वक अर्थात् भू-सम्पत्ति का चौगुना मूल्य उसे मिलता है। उस खेती को वही व्यक्ति वर्ष भर देखता है। वह राजा का खेत कहा जाता है।

महाराज को विचार-संघर्ष से विश्राम की अत्यन्त आवश्यकता थी। महाराज चुप रहे। जयघोष के साथ सभा विसर्जित हुई। सब अपने-अपने शिविरों में चले गये। किन्तु मधूलिका को उत्सव में फिर किसी ने न देखा। वह अपने खेत की सीमा पर विशाल मधूक-वृक्ष के चिकने हरे पत्तों की छाया में अनमनी चुपचाप बैठी रही।

रात्रि का उत्सव अब विश्राम ले रहा था। राजकुमार अरुण उसमें सम्मिलित नहीं हुआ—अपने विश्राम-भवन में जागरण कर रहा था। आँखों में नींद न थी। प्राची में जैसी गुलाबी खिल रही थी, वह रंग उसकी आँखों में था। सामने देखा तो मुण्डेर पर कपोती एक पैर पर खड़ी पंख फैलाये अँगड़ाई ले रही थी। अरुण उठ खड़ा हुआ। द्वार पर सुसज्जित अश्व था, वह देखते-देखते नगर-तोरण पर जा पहुँचा। रक्षक-गण ऊँघ रहे थे, अश्व के पैरों के शब्द से चौंक उठे।

युवक-कुमार तीर-सा निकल गया। सिन्धुदेश का तुरंग प्रभात के पवन से पुलकित हो रहा था। घूमता-घूमता अरुण उसी मधूक-वृक्ष के नीचे पहुँचा, जहाँ मधूलिका अपने हाथ पर सिर धरे हुए खिन्न-निद्रा का सुख ले रही थी।

अरुण ने देखा, एक छिन्न माधवीलता वृक्ष की शाखा से च्युत होकर पड़ी है। सुमन मुकुलित, भ्रमर निस्पन्द थे। अरुण ने अपने अश्व को मौन रहने का संकेत किया, उस सुषमा को देखने के लिए, परन्तु

कोकिल बोल उठा। जैसे उसने अरुण से प्रश्न किया—छिः, कुमारी के सोये हुए सौन्दर्य पर दृष्टिपात करने वाले धृष्ट, तुम कौन? मधूलिका की आँखें खुल पड़ीं। उसने देखा, एक अपरिचित युवक। वह संकोच से उठ बैठी।—भद्रे! तुम्हीं न कल के उत्सव की संचालिका रही हो?

उत्सव! हाँ, उत्सव ही तो था। कल उस सम्मान ···

क्यों आपको कल का स्वप्न सता रहा है? भद्र! आप क्या मुझे इस अवस्था में सन्तुष्ट न रहने देंगे?

मेरा हृदय तुम्हारी उस छवि का भक्त बन गया है, देवि!

मेरे उस अभिनय का—मेरी विडम्बना का। आह! मनुष्य कितना निर्दयी है, अपरिचित! क्षमा करो, जाओ अपने मार्ग।

सरलता की देवि! मैं मगध का राजकुमार तुम्हारे अनुग्रह का प्रार्थी हूँ—मेरे हृदय की भावना अवगुण्ठन में रहना नहीं जानती। उसे अपनी ··· ।

राजकुमार! मैं कृषक-बालिका हूँ। आप नन्दबिहारी और मैं पृथ्वी पर परिश्रम करके जीने वाली। आज मेरी स्नेह की भूमि पर से मेरा अधिकार छीन लिया गया। मैं दुःख से विकल हूँ; मेरा उपहास न करो।

मैं कौशल-नरेश से तुम्हारी भूमि तुम्हें दिलवा दूँगा।

नहीं, वह कौशल का राष्ट्रीय नियम है। मैं उसे बदलना नहीं चाहती—चाहे उससे मुझे कितना ही दुःख हो।

तब तुम्हारा रहस्य क्या है?

यह रहस्य मानव-हृदय का है, मेरा नहीं। राजकुमार, नियमों से यदि मानव-हृदय बाध्य होता, तो आज मगध के राजकुमार का हृदय किसी राजकुमारी की ओर खिंचकर एक कृषक-बालिका का अपमान करने न आता। मधूलिका उठ खड़ी हुई।

चोट खाकर राजकुमार लौट पड़ा। किशोर किरणों में उसका रत्नकिरीट चमक उठा। अश्व वेग से चला जा रहा था और मधूलिका निष्ठुर प्रहार करके क्या स्वयं आहत न हुई? उसके हृदय में टीस-सी होने लगी। वह सजल नेत्रों से उड़ती हुई धूल देखने लगी।

मधूलिका ने राजा को प्रतिपादन, अनुग्रह नहीं लिया। वह दूसरे खेतों में काम करती और चौथे पहर रूखी-सूखी खाकर पड़ रहती। मधूक-वृक्ष के नीचे छोटी-सी पर्णकुटीर थी। सूखे डंठलों से उसकी दीवार बनी थी। मधूलिका का वही आश्रय था। कठोर परिश्रम से रूखा अन्न मिलता, वही उसकी साँसों को बढ़ाने के लिए पर्याप्त था।

दुबली होने पर भी उसके अंग पर तपस्या की कान्ति थी। आसपास के कृषक उसका आदर करते। वह एक आदर्श बालिका थी। दिन, सप्ताह, महीने और वर्ष बीतने लगे।

शीतकाल की रजनी, मेघों से भरा आकाश, जिसमें बिजली की दौड़-धूप। मधूलिका का छाजन टपक रहा था! ओढ़ने की कमी थी। वह ठिठुरकर एक कोने में बैठी थी। मधूलिका अपने अभाव को आज बढ़ा कर सोच रही थी। जीवन से सामंजस्य बनाये रखने वाले उपकरण तो अपनी सीमा निर्धारित रखते हैं; परन्तु उनकी आवश्यकता कल्पना के साथ बढ़ती-घटती रहती है। आज बहुत दिनों

पर उसे बीती हुई बात स्मरण हुई। दो, नहीं-नहीं, तीन वर्ष हुए होंगे, इसी मधूक के नीचे प्रभात में—तरुण राजकुमार ने क्या कहा था।

वह अपने हृदय से पूछने लगी—उन चाटुकारी के शब्दों को सुनने के लिए उत्सुक-सी वह पूछने लगी—क्या कहा था? दुःख-दग्ध हृदय उन स्वप्न-सी बातों को स्मरण कर सकता था? और स्मरण ही होता, तो भी कष्टों की इस काली निशा में वह कहने का साहस करता। हाय री विडम्बना!

आज मधूलिका उस बीते हुए क्षण को लौटा लेने के लिए विकल थी। दारिद्र्य की ठोकरों ने उसे व्यथित और अधीर कर दिया है। मगध की प्रसाद-माला के वैभव का काल्पनिक चित्र—उन सूखे डंठलों के रन्ध्रों से, नभ में—बिजली के आलोक में—नाचता हुआ दिखाई देने लगा। खिलवाड़ी शिशु जैसे श्रावण की सन्ध्या में जुगनू को पकड़ने के लिए हाथ लपकाता है, वैसी ही मधूलिका मन-ही-मन कह रही थी। 'अभी वह निकल गया।' वर्षा ने भीषण रूप धारण किया। गड़गड़ाहट बढ़ने लगी; ओले पड़ने की सम्भावना थी। मधूलिका अपनी ज़र्ज़र झोंपड़ी के लिए काँप उठी। सहसा बाहर कुछ शब्द हुआ—

कौन है यहाँ? पथिक को आश्रय चाहिए।

मधूलिका ने डंठलों का कपाट खोल दिया। बिजली चमक उठी। उसने देखा एक पुरुष घोड़े की डोर पकड़े खड़ा है। सहसा वह चिल्ला उठी—राजकुमार!

मधूलिका?—आश्चर्य से युवक ने कहा।

एक क्षण के लिए सन्नाटा छा गया। मधूलिका अपनी कल्पना को

सहसा प्रत्यक्ष देखकर चकित हो गई—इतने दिनों बाद आज फिर!

अरुण ने कहा—कितना समझाया मैंने—परन्तु ···

मधूलिका अपनी दयनीय अवस्था पर संकेत करने देना नहीं चाहती थी। उसने कहा—और आज उसकी यह क्या दशा है?

सिर झुकाकर अरुण ने कहा—मैं मगध का विद्रोही निर्वासित कोशल में जीविको खोजने आया हूँ।

मधूलिका उस अन्धकार में हँस पड़ी—मगध के विद्रोही राजकुमार का स्वागत करे एक अनाथिनी कृषक-बालिका, यह भी एक विडम्बना है, तो भी मैं स्वागत के लिए प्रस्तुत हूँ।

शीतकाल की निस्तब्ध रजनी, कुहरे में धुली हुई चाँदनी, हाड़ कँपा देने वाला समीर, तो भी अरुण और मधूलिका दोनों पहाड़ी गह्वर के द्वार पर वट-वृक्ष के नीचे बैठे हुए बातें कर रहे हैं। मधूलिका की वाणी में उत्साह था, किन्तु अरुण जैसे अत्यन्त सावधान होकर बोलता।

मधूलिका ने पूछा—जब तुम इतनी विपन्न अवस्था में हो, तो फिर इतने सैनिकों के साथ रहने की क्या आवश्यकता है।

मधूलिका! बाहुबल ही तो वीरों की आजीविका है। ये मेरे जीवन-मरण के साथी हैं, भला मैं इन्हें कैसे छोड़ देता? और करता ही क्या?

क्यों? हम लोग परिश्रम से कमाते और खाते। अब तो तुम ···।

भूल न करो, मैं अपने बाहुबल पर भरोसा करता हूँ। नये राज्य की स्थापना कर सकता हूँ। निराश क्यों हो जाऊँ?—अरुण के शब्दों

में कम्पन था; वह जैसे कुछ कहना चाहता था; पर कह न सकता था।

नवीन राज्य! ओहो, तुम्हारा उत्साह तो कम नहीं। भला कैसे? कोई ढंग बताओ, तो मैं भी कल्पना का आनन्द ले लूँ।

कल्पना का आनन्द नहीं मधूलिका, मैं तुम्हें राजरानी के सम्मान में सिंहासन पर बिठाऊँगा! तुम अपने छिने हुए खेत की चिन्ता करके भयभीत न हो।

एक क्षण में सरल मधूलिका के मन में प्रमाद का अन्धड़ बहने लगा—द्वन्द्व मच गया। उसने सहसा कहा—आह, मैं सचमुच आज तक तुम्हारी प्रतीक्षा करती थी, राजकुमार।

अरुण ढिठाई से उसके हाथों को दबाकर बोला—तो मेरा भ्रम था, तुम सचमुच मुझे प्यार करती हो?

युवती का वक्षस्थल फूल उठा, वह हाँ भी नहीं कह सकी, ना भी नहीं। अरुण ने उसकी अवस्था का अनुभव कर लिया। कुशल मनुष्य के समान उसने अवसर को हाथ से न जाने दिया। तुरन्त बोल उठा—तुम्हारी इच्छा हो, तो प्राणों से पण लगाकर मैं तुम्हें इस कोशल-सिंहासन पर बिठा दूँ। मधूलिके! अरुण के खड्ग का आतंक देखोगी? मधूलिका एक बार काँप उठी। वह कहना चाहती थी ··· नहीं; किन्तु उसके मुँह से निकला—क्या?

सत्य मधूलिका, कोशल-नरेश तभी से तुम्हारे लिए चिन्तित हैं। यह मैं जानता हूँ, तुम्हारी साधारण-सी प्रार्थना वह अस्वीकार न करेंगे। और मुझे यह भी विदित है कि कोशल के सेनापति अधिकांश सैनिकों

के साथ पहाड़ी दस्युओं का दमन करने के लिए बहुत दूर चले गए हैं।

मधूलिका की आँखों के आगे बिजलियाँ हँसने लगीं। दारुण भावना से उसका मस्तक विकृत हो उठा। अरुण ने कहा—तुम बोलती नहीं हो?

जो कहोगे, वह करूँगी ··· मंत्रमुग्ध-सी मधूलिका ने कहा।

स्वर्णमंच पर कोशल-नरेश अर्द्धनिद्रित अवस्था में आँखें मुकुलित किए हैं। एक चामरधारिणी युवती पीछे खड़ी अपनी कलाई बड़ी कुशलता से घुमा रही है। चामर के शुभ्र आन्दोलन उस प्रकोष्ठ में धीरे-धीरे संचालित हो रहे हैं। ताम्बूलवाहिनी प्रतिमा के समान दूर खड़ी है।

प्रतिहारी ने आकर कहा—जय हो देव! एक स्त्री कुछ प्रार्थना करने आई है।

आँख खोलते हुए महाराज ने कहा—स्त्री! प्रार्थना करने आई है? आने दो।

प्रतिहारी के साथ मधूलिका आई। उसने प्रणाम किया। महाराज ने स्थिर दृष्टि से उसकी ओर देखा और कहा—तुम्हें कहीं देखा है?

तीन बरस हुए देव! मेरी भूमि खेती के लिए ली गई थी।

ओह, तो तुमने इतने दिन कष्ट में बिताए, आज उसका मूल्य माँगने आई हो, क्यों? अच्छा-अच्छा तुम्हें मिलेगा। प्रतिहारी!

नहीं महाराज, मुझे मूल्य नहीं चाहिए।

मूर्ख! फिर क्या चाहिए?

उतनी ही भूमि, दुर्ग के दक्षिणी नाले के समीप की जंगली भूमि, वहीं मैं अपनी खेती करूँगी। मुझे सहायक मिल गया। वह मनुष्यों से मेरी सहायता करेगा, भूमि को समतल भी बनाना होगा।

महाराज ने कहा—कृषक-बालिके! वह बड़ी ऊबड़-खाबड़ भूमि है। जिस पर वह दुर्ग के समीप एक सैनिक महत्त्व रखती है।

तो फिर निराश लौट जाऊँ?

सिंहमित्र की कन्या! मैं क्या करूँ, तुम्हारी यह प्रार्थना ...

देव! जैसी आज्ञा हो!

जाओ, तुम श्रमजीवियों को उसमें लगाओ। मैं अमात्य को आज्ञापत्र देने का आदेश करता हूँ।

जय हो देव!—कहकर प्रणाम करती हुई मधूलिका राजमन्दिर के बाहर आई।

दुर्ग के दक्षिण, भयावने नाले के तट पर, घना जंगल है, आज मनुष्यों के पद-संचार से शून्यता भंग हो रही थी। अरुण के छिपे वे मनुष्य स्वतन्त्रता से इधर-उधर घूमते थे। झाड़ियों को काटकर पथ बन रहा था। नगर दूर था, फिर उधर यों ही कोई नहीं आता था। फिर अब तो महाराज की आज्ञा से वहाँ मधूलिका का अच्छा खेत बन रहा था। तब इधर की किसको चिन्ता होती?

एक घने कुंज में अरुण और मधूलिका एक-दूसरे को हर्षित नेत्रों से देख रहे थे। सन्ध्या हो चली थी। उसी निविड़ वन में उन नवागत मनुष्यों को देखकर पक्षीगण अपने नीड़ को लौटते हुए अधिक कोलाहल कर रहे थे।

प्रसन्नता से अरुण की आँखें चमक उठीं। सूर्य की अन्तिम किरण

झुरमुट में घुसकर मधूलिका के कपोलों से खेलने लगी। अरुण ने कहा—चार प्रहर और, विश्वास करो, प्रभात में ही इस जीर्ण-कलेवर कोशल-राष्ट्र की राजधानी श्रावस्ती में तुम्हारा अभिषेक होगा और मगध से निर्वासित मैं एक स्वतन्त्र राष्ट्र का अधिपति बनूँगा, मधूलिके !

भयानक ! अरुण, तुम्हारा साहस देख मैं चकित हो रही हूँ। केवल सौ सैनिक से तुम ···

रात के तीसरे प्रहर मेरी विजय-यात्रा होगी।

तो तुमको इस विजय पर विश्वास है ?

अवश्य, तुम अपनी झोंपड़ी में यह रात बिताओ; प्रभात से तो राज-मंदिर ही तुम्हारा लीला-निकेतन बनेगा।

मधूलिका प्रसन्न थी; किन्तु अरुण के लिए उसकी कल्याण-कामना सशक थी। वह कभी-कभी उद्विग्न-सी होकर बालकों के समान प्रश्न कर बैठती। अरुण उसका समाधान कर देता। सहसा कोई संकेत पाकर उसने कहा—अच्छा; अन्धकार अधिक हो गया। अभी तुम्हें दूर जाना है और मुझे भी प्राण-पण से इस अभियान के प्रारम्भिक कार्यों को अर्द्धरात्रि तक पूरा कर लेना चाहिए, तब रात्रि भर के लिए विदा ! मधूलिके !

मधूलिका उठ खड़ी हुई। कँटीली झाड़ियों से उलझती हुई क्रम से, बढ़ने वाले अन्धकार में वह झोंपड़ी की ओर चली।

पथ अन्धकारमय था और मधूलिका का हृदय भी निविड़-तम से घिरा था। उसका मन सहसा विचलित हो उठा, मधुरता नष्ट हो गई। जितनी सुख-कल्पना थी, वह जैसे अन्धकार में विलीन होने लगी।

वह भयभीत थी, पहला भय उसे अरुण के लिए उत्पन्न हुआ, यदि वह सफल न हुआ तो? फिर सहसा सोचने लगी—वह क्यों सफल हो? श्रावस्ती दुर्ग के एक विदेशी के अधिकार में क्यों चला जाय? मगध का चिरशत्रु! ओह, उसकी विजय! कोशल-नरेश ने क्या कहा था—'सिंहमित्र की कन्या।' सिंहमित्र, कोशल का रक्षक वीर, उसी की कन्या आज क्या करने जा रही है? नहीं, 'नहीं, मधूलिका! मधूलिका! !' जैसे उसके पिता उसे अन्धकार में पुकार रहे थे। वह पगली की तरह चिल्ला उठी। रास्ता भूल गई।

रात एक पहर बीत चली, पर मधूलिका अपनी झोंपड़ी तक न पहुँची। वह उधेड़-बुन में विक्षिप्त-सी चली जा रही थी। उसकी आँखों के सामने कभी सिंहमित्र और कभी अरुण की मूर्ति अन्धकार में चित्रित होती जाती। उसे सामने आलोक दिखाई पड़ा। वह बीच पथ में खड़ी हो गई। प्रायः एक सौ उल्काधारी अश्वारोही चले आ रहे थे और आगे-आगे एक वीर अधेड़ सैनिक था। उसके बायें हाथ में अश्व की वल्गा और दाहिने हाथ में नग्न खड्ग। अत्यन्त धीरता से वह टुकड़ी अपनी पथ पर चल रही थी। परन्तु मधूलिका बीच पथ से हिली नहीं। प्रमुख सैनिक पास आ गया; पर मधूलिका अब भी नहीं हटी। सैनिक ने अश्व रोककर कहा—कौन? कोई उत्तर नहीं मिला। तब तक दूसरे अश्वारोही ने कड़ककर कहा—तू कौन है, स्त्री? कोशल के सेनापति को उत्तर शीघ्र दे।

रमणी जैसे विकार-ग्रस्त स्वर में चिल्ला उठी—बाँध लो, मुझे बाँध लो। मेरी हत्या करो। मैंने अपराध ही ऐसा किया है।

सेनापति हँस पड़े, बोले—पगली है।

पगली नहीं, यदि वही होती, तो इतनी विचार-वेदना क्यों होती? सेनापति! मुझे बाँध लो। राजा के पास ले चलो।

क्या है, स्पष्ट कह!

श्रावस्ती का दुर्ग एक प्रहर में दस्युओं के हस्तगत हो जाएगा। दक्षिणी नाले के पार उनका आक्रमण होगा।

सेनापति चौंक उठे। उन्होंने आश्चर्य से पूछा—तू क्या कह रही है?

मैं सच कह रही हूँ; शीघ्रता करो।

सेनापति ने अस्सी सैनिकों को नाले की ओर धीरे-धीरे बढ़ने की आज्ञा दी और स्वयं बीस अश्वारोहियों के साथ दुर्ग की ओर बढ़े। मधूलिका एक अश्वारोही के साथ बाँध दी गई।

श्रावस्ती का दुर्ग, कोशल राष्ट्र का केन्द्र, इस रात्रि में अपने विगत वैभव का स्वप्न देख रहा था। भिन्न राजवंशों ने उसके प्रांतों पर अधिकार जमा लिया है। अब वह केवल कई गाँवों का अधिपति है। फिर भी उसके साथ कोशल के अतीत की स्वर्ण-गाथाएँ लिपटी हैं। वही लोगों की ईर्ष्या का कारण है। जब थोड़े से अश्वारोही बड़े वेग से आते हुए दुर्ग-द्वार पर रुके, तब दुर्ग के प्रहरी चौंक उठे। उल्का के आलोक में उन्होंने सेनापति को पहचाना, द्वार खुला। सेनापति घोड़े की पीठ से उतरे। उन्होंने कहा—अग्निसेन! दुर्ग में कितने सैनिक होंगे।

सेनापति की जय हो! दो सौ।

उन्हें शीघ्र ही एकत्र करो; परन्तु बिना किसी शब्द के। सौ को लेकर तुभ शीघ्र ही चुपचाप दुर्ग के दक्षिण की ओर चलो। आलोक और शब्द न हों।

सेनापति ने मधुलिका की ओर देखा। वह खोल दी गई। उसे अपने पीछे आने का संकेत कर सेनापति राजमन्दिर की ओर बढ़े। प्रतिहारी ने सेनापति को देखते ही महाराज को सावधान किया। वह अपनी सुख-निद्रा के लिए प्रस्तुत हो रहे थे; किन्तु सेनापति और साथ में मधूलिका को देखते ही चंचल हो उठे। सेनापति ने उन्हें कहा—जय हो देव! इस स्त्री के कारण मुझे इस समय उपस्थित होना पड़ा है।

महाराज ने स्थिर नेत्रों से देखकर कहा—सिंहमित्र की कन्या! फिर यहाँ क्यों? क्या तुम्हारा क्षेत्र नहीं बन रहा है। कोई बाधा? सेनापति! मैंने दुर्ग के दक्षिणी नाले के समीप की भूमि इसे दी है। क्या उसी सम्बन्ध में तुम कहना चाहते हो?

देव! किसी गुप्त शत्रु ने उसी ओर से आज की रात में दुर्ग पर अधिकार कर लेने का प्रबन्ध किया है और इसी स्त्री ने मुझे पथ में यह सन्देश दिया है।

राजा ने मधूलिका की ओर देखा। वह काँप उठी। घृणा और लज्जा से वह गड़ी जा रही थी। राजा ने पूछा—मधूलिका, यह सत्य है!

हाँ, देव!

राजा ने सेनापति से कहा—सैनिकों को एकत्र करके तुम चलो। मैं अभी आता हूँ! सेनापति के चले जाने पर राजा ने कहा—सिंहमित्र की कन्या! तुमने एक बार फिर कोशल का उपकार किया। यह सूचना देकर तुमने पुरस्कार का काम किया है। अच्छा, तुम यहीं ठहरो। पहले उन आततायियों का प्रबन्ध कर लूँ।

अपने साहसिक अभियान में अरुण बन्दी हुआ और दुर्ग उल्का के आलोक में अतिरंजित हो गया। भीड़ ने जयघोष किया। सबके

मन में उल्लास था। श्रावस्ती दुर्ग आज एक दस्यु के हाथ में जाने से बचा। आबाल-वृद्ध-नारी आनन्द से उन्मत्त हो उठे।

उषा के आलोक में सभा-मण्डप दर्शकों से भर गया। बन्दी अरुण को देखते ही जनता ने रोष से हुंकार करते हुए कहा—'वध करो!' राजा ने सबसे सहमत होकर आज्ञा दी—'प्राण-दण्ड।' मधूलिका बुलाई गयी। वह पगली-सी आकर खड़ी हो गई। कोशल-नरेश ने पूछा—मधूलिका, तुझे जो पुरस्कार लेना हो, माँग। वह चुप रही।

राजा ने कहा—मेरी निज की जितनी खेती है, मैं सब तुम्हें देता हूँ। मधूलिका ने एक बार बन्दी अरुण की ओर देखा। उसने कहा—मुझे कुछ न चाहिए। अरुण हँस पड़ा। राजा ने कहा—नहीं, मैं तुझे अवश्य दूँगा। माँग ले।

तो मुझे भी प्राणदण्ड मिले। कहती हुई वह बन्दी अरुण के पास जा खड़ी हुई।

इन्द्रजाल

गाँव के बाहर, एक छोटे-से बंजर में कंजरों का दल पड़ा था। उस परिवार में टट्टू भैंसे और कुत्तों को मिलाकर इक्कीस प्राणी थे। उनका सरदार मैकू, लम्बी-चौड़ी हड्डियों वाला एक अधेड़ पुरुष था। दया-माया उसके पास फटकने नहीं पाती थी। उसकी घनी दाढ़ी और मूंछों के भीतर प्रसन्नता की हँसी छिपी ही रह जाती। गाँव में भीख माँगने के लिए जब कंजरों की स्त्रियाँ जातीं, तो उनके लिए मैकू की आज्ञा थी कि कुछ न मिलने पर अपने बच्चों को निर्दयता से गृहस्थ के द्वार पर जो स्त्री न पटक देगी, उसको भयानक दण्ड मिलेगा।

उस निर्दय झुण्ड में गाने वाली एक लड़की थी। और एक बाँसुरी बजाने वाला युवक। ये दोनों भी गा-बजाकर जो पाते, वह मैकू के चरणों में लाकर रख देते। फिर भी गोली और बेला की प्रसन्नता की सीमा न थी। उन दोनों का नित्य सम्पर्क ही उनके लिए स्वर्गीय सुख था। इन घुमक्कड़ों के दल में ये दोनों विभिन्न रुचि के प्राणी थे। बेला बेड़िन थी। माँ के मर जाने पर अपने शराबी और अकर्मण्य पिता के साथ वह कंजरों के हाथ लगी। अपनी माता के गाने-बजाने का संस्कार उसकी नस-नस में भरा था। वह बचपन से ही अपनी माता का अनुकरण करती हुई अलापती रहती थी।

शासन की कठोरता के कारण कंजरों का डाका और लड़कियों

के चुराने का व्यापार बन्द हो चला था। फिर भी मैकू अवसर से नहीं चूकता। अपने दल की उन्नति में बराबर लगा ही रहता। इस तरह गोली के बाप के मर जाने पर—जो एक चतुर नट था—मैकू ने उसकी खेल की पिटारी के साथ गोली पर भी अधिकार जमाया। गोली महुअर तो बजाता ही था, पर बेला का साथ होने पर उसने बाँसुरी बजाने में अभ्यास किया। पहले तो उसकी नट-विद्या में बेला भी मनोयोग से लगी; किन्तु दोनों को भानुमती वाली पिटारी ढोकर दो-चार पैसे कमाना अच्छा न लगा। दोनों को मालूम हुआ कि दर्शक उस खेल से अधिक उसका गाना पसन्द करते हैं। दोनों का झुकाव उसी ओर हुआ। पैसा भी मिलने लगा। इन नवागन्तुक बाहरियों की कंजरों के दल में प्रतिष्ठा बढ़ी।

बेला साँवली थी। जैसे पावस की मेघमाला में छिपे हुए आलोकपिण्ड का प्रकाश निखरने की अदम्य चेष्टा कर रहा हो, वैसे ही उसका यौवन सुगठित शरीर के भीतर उद्वेलित हो रहा था। गोली के स्नेह की मदिरा से उसकी कजरारी आँखें लाली से भरी रहतीं। वह चलती तो थिरकती हुई, बातें करती तो हँसती हुई। एक मिठास उसके चारों ओर बिखरी रहती। फिर भी गोली से अभी उसका ब्याह नहीं हुआ था।

गोली जब बाँसुरी बजाने लगता, तब बेला के साहित्यहीन गीत जैसे प्रेम के माधुर्य की व्याख्या करने लगते। गाँव के लोग उसके गीतों के लिए कंजरों को शीघ्र हटाने का उद्योग नहीं करते! जहाँ अपने अन्य सदस्यों के कारण कंजरों का वह दल घृणा और भय का पात्र था, वहाँ गोली और बेला का संगीत आकर्षण के लिए पर्याप्त

था; किन्तु इसी में एक व्यक्ति का अवांछनीय सहयोग भी आवश्यक था। वह था भूरे, छोटी-सी ढोल लेकर उसे भी बेला का साथ करना पड़ता।

भूरे सचमुच भूरा भेड़िया था। गोली अधरों से बाँसुरी लगाये अर्द्धनिमीलित आँखों के अंतराल से, बेला के मुख को देखता हुआ जब हृदय की फूँक से बाँस के टुकड़े को अनुप्राणित कर देता, तब विकट घृणा से ताड़ित होकर भूरे की भयानक थाप ढोल पर जाती। क्षण-भर के लिए जैसे दोनों चौंक उठते।

उस दिन ठाकुर के गढ़ में बेला का दल गाने के लिए गया था। पुरस्कार में कपड़े-रुपये तो मिले ही थे; बेला को एक अँगूठी भी मिली थी। मैकू उन सबको देखकर प्रसन्न हो रहा था। इतने में सिरकी के बाहर कुछ हल्ला सुनाई पड़ा। मैकू ने बाहर आकर देखा कि भूरे और गोली में लड़ाई हो रही थी। मैकू के कर्कश स्वर से दोनों भयभीत हो गए। गोली ने कहा—"मैं बैठा था, भूरे ने मुझको गालियाँ दीं। फिर भी मैं न बोला, इस पर उसने मुझे पैर से ठोकर लगा दी।"

"और यह समझता है कि मेरी बाँसुरी के बिना बेला गा ही नहीं सकती। मुझसे कहने लगा कि आज तुम ढोलक बेताल बजा रहे थे।' भूरे का कंठ क्रोध से भर्राया हुआ था।

मैकू हँस पड़ा। वह जानता था कि गोली युवक होने पर भी सुकुमार और अपने प्रेम की माधुरी में विह्वल, लजीला और निरीह था। अपने को प्रमाणित करने की चेष्टा उसमें थी ही नहीं। वह आज जो कुछ उग्र हो गया, इसका कारण है केवल भूरे की प्रतिद्वन्द्विता।

बेला भी वहाँ आ गयी। उसने घृणा से भूरे की ओर देखकर कहा—

'तो क्या तुम सचमुच बेताल नहीं बजा रहे थे?'

"मैं बेताल न बजाऊँगा, तो दूसरा कौन बजायेगा। अब तो तुमको नये यार न मिले हैं। बेला! तुझको मालूम नहीं कि तेरा बाप मुझसे तेरा ब्याह ठीक करके मरा है। इसी बात पर मैंने उसे अपना नैपाली का दोगला टट्टू दे दिया था, जिस पर अब भी तू चढ़कर चलती है।" भूरे का मुँह क्रोध के झाग से भर गया था। वह और भी कुछ बकता; किन्तु मैकू की डाँट पड़ी। सब चुप हो गये।

उस निर्जन प्रान्त में जब अंधकार खुले आकाश के नीचे तारों से खेल रहा था, तब बेला बैठी कुछ गुनगुना रही थी।

कंजरों की झोंपड़ियों के पास ही पलाश का छोटा-सा जंगल था। उनमें बेला के गीत गूँज रहे थे। जैसे कमल के पास मधुकर को जाने से कोई रोक नहीं सकता, उसी तरह गोली भी कब मानने वाला था। आज उसके निरीह हृदय में संघर्ष के कारण आत्मविश्वास का जन्म हो गया था। अपने प्रेम के लिए, अपने वास्तविक अधिकार के लिए झगड़ने की शक्ति उत्पन्न हो गयी थी। उसका छुरा कमर में था। हाथ में बाँसुरी थी। बेला की गुनगुनाहट बन्द होते ही बाँसुरी में गोली उसी तान को दुहराने लगा। दोनों वन-विहंगम की तरह उस अँधेरे कानन में किलकारने लगे। आज प्रेम के आवेश ने आवरण हटा दिया था, वे नाचने लगे। आज तारों की क्षीण ज्योति में हृदय-से-हृदय मिले, पूर्ण आवेग में। आज बेला के जीवन में यौवन का और गोली के हृदय में पौरुष का प्रथम उन्मेष था।

किन्तु भूरा भी वहाँ आने से नहीं रुका। उसके हाथ में भयानक छुरा था। आलिंगन में आबद्ध बेला ने चीत्कार किया। गोली छटक कर दूर जा खड़ा हुआ, किन्तु घाव ओछा लगा।

बाघ की तरह झपटकर गोली ने दूसरा वार किया। भूरे सम्हाल न सका। फिर तीसरा वार चलाना ही चाहता था कि मैकू ने गोली का हाथ पकड़ लिया। वह नीचे सिर किए खड़ा रहा।

मैकू ने कड़ककर—"बेला, भूरे से तुझे ब्याह करना ही होगा। यह खेल अच्छा नहीं।"

उसी क्षण सारी बातें गोली के मस्तक में छाया-चित्र-सी नाच उठीं। उसने छुरा धीरे से गिरा दिया। उसका हाथ छूट गया। जब बेला और मैकू भूरे के हाथ पकड़कर ले चले, तब गोली कहाँ जा रहा है, इसका किसी को ध्यान न रहा।

दो

कंजर-परिवार में बेला भूरे की स्त्री मानी जाने लगी। बेला ने भी सिर झुकाकर इसे स्वीकार कर लिया। परन्तु उसे पलाश के जंगल में संध्या के समय जाने से कोई भी नहीं रोक सकता था। उसे जैसे सायंकाल में एक हलका-सा उन्माद हो जाता है। भूरे या मैकू भी उसे वहाँ जाने से रोकने में असमर्थ थे। उसकी दृढ़ताभरी आँखों से घोर विरोध नाचने लगता।

बरसात का आरम्भ था। गाँव की ओर से पुलिस के पास कोई विरोध की सूचना भी नहीं मिली थी। गाँव वालों की छुरी-हँसिया और काठ-कबाड़ के कितने ही काम बनाकर वे लोग पैसे लेते थे। कुछ अन्न यों भी मिल जाता। चिड़ियाँ पकड़ कर, पक्षियों का तेल बनाकर, जड़ी-बूटी की दवा तथा उत्तेजक औषधियों और मदिरा का

व्यापार करके, कंजरों ने गाँव तथा गढ़ के लोगों से सद्भाव भी बना लिया था। सबके ऊपर आकर्षण बाँसुरी जब उसके साथ नहीं बजती थी, तब भी बेला के गले में एक ऐसी नयी टीस उत्पन्न हो गयी थी, जिसमें बाँसुरी का स्वर सुनाई पड़ता था।

अन्तर में भरे हुए निष्फल प्रेम से युवती का सौन्दर्य निखर आया था। उसके कटाक्ष अलस, गति मदिर और वाणी झंकार से भर गयी थी। ठाकुर साहब के गढ़ में उसका गाना प्राय: हुआ करता था।

छींट का घाघरा और चोली, उस पर गोटे से ढँकी हुई ओढ़नी सहज ही खिसकती रहती। कहना न होगा कि आधा गाँव उसके लिए पागल था। बालक पास से, युवक ठीक-ठिकाने से और बूढ़े अपनी मर्यादा, आदर्शवादिता की रक्षा करते हुए दूर से उसकी तान सुनने के लिए, एक झलक देखने के लिए घात लगाए रहते।

गढ़ के चौक में जब उनका गाना जमता, तो दूसरा काम करते हुए अन्यमनस्कता की आड़ में मनोयोग से और कनखियों से ठाकुर उसे देख लिया करते।

मैकू घाघ था। उसने ताड़ लिया। उस दिन संगीत बन्द होने पर पुरस्कार मिल जाने पर और भूरे के साथ बेला के गढ़ के बाहर जाने पर भी मैकू वहीं थोड़ी दूर तक खड़ा रहा। ठाकुर ने उसे देखकर पूछा—"क्या है?"

"सरकार! कुछ कहना है।"

"क्या?"

"यह छोकरी इस गाँव से जाना नहीं चाहती, उधर पुलिस तंग कर रही है।"

"जाना नहीं चाहती, क्यों?"

"वह तो घूम-घाम कर गढ़ में आ जाती है। खाने को मिल जाता है।...."

मैकू आगे की बात चुप होकर कुछ-कुछ संकेत-भरी मुस्कराहट से कह देना चाहता था।

ठाकुर के मन में हलचल होने लगी। उसे दबाकर प्रतिष्ठा का ध्यान करके ठाकुर ने कहा—

"तो मैं क्या करूँ?"

"सरकार! वह तो साँझ होते ही पलाश के जंगल में अकेली चली जाती है। वहीं बैठी हुई बड़ी रात तक गाया करती है।"

"हूँ!"

"एक दिन सरकार धमका दें, हम लोग उसे ले-देकर आगे कहीं चले जायँ।"

"अच्छा।"

मैकू जाल फैलाकर चला आया। एक हज़ार की बोहनी की कल्पना करते वह अपनी सिरकी में बैठकर हुक्का गुड़गुड़ाने लगा।

बेला के सुंदर अंग की मेघ-माला प्रेमराशि की रजत-रेखा से उद्‌भासित हो उठी थी। उसके हृदय में यह विश्वास जम गया था कि भूरे के साथ घर बसाना गोली के प्रेम के साथ विश्वासघात करना है। उसका वास्तविक पति तो गोली ही है। बेला में यह उच्छृङ्खल भावना विकट ताण्डव करने लगी। उसके हृदय में वसन्त का विकास था। जंगल में मलयानिल की गति थी। कंठ में वनस्थली की काकली थी। आँखों में कुसुमोत्सव था और प्रत्येक आन्दोलन में परिमल का

उद्‌गार था। उसकी मादकता बरसाती नदी की तरह वेगवती थी।

आज उसने अपने जूड़े में जंगली करौंदे के फूलों की माला लपेट कर, भरी मस्ती में जंगल की ओर चलने के लिए पैर बढ़ाया, तो भूरे ने डाँटकर कहा—"कहाँ चली?"

"यार के पास।" उसने छूटते ही कहा। बेला के सहवास में आने पर अपनी लघुता को जानते हुए मसोसकर भूरे ने कहा—"तू ख़ून कराए बिना चैन न लेगी।"

बेला की आँखों में गोली का और उसके परिवर्धमान प्रेमांकुर का चित्र था; जो उसके हट जाने पर विरह-जल से हरा-भरा हो उठा। बेला पलाश के जंगल में अपने बिछुड़े हुए प्रियतम के उद्देश्य से दो-चार विरह-वेदना की तानों की प्रतिध्वनि छोड़ आने का काल्पनिक सुख नहीं छोड़ सकती थी।

उस एकांत सन्ध्या में बरसाती झिल्लियों की झनकार से वायुमण्डल गूँज रहा था। बेला अपने परिचित पलाश के नीचे बैठकर गाने लगी—

चीन्हत नाहीं बदल गए नैना . . .

ऐसा मालूम होता था कि सचमुच गोली उस अंधकार में अपरिचित की तरह मुँह फिराकर चला जा रहा है। बेला की मनोवेदना को पहचानने की क्षमता उसने खो दी है।

बेला का एकांत में विरह-निवेदन उसकी भाव-प्रवणता को और भी उत्तेजित करता था। पलाश का जंगल उसकी कातर कुहुक से गूँज रहा था। सहसा उस निस्तब्धता को भंग करते हुए घोड़े पर सवार ठाकुर साहब वहाँ आ पहुँचे।

"अरे बेला! तू यहाँ क्या कर रही है?"

बेला की स्वर-लहरी रुक गयी थी। उसने देखा ठाकुर साहब! महत्त्व का सम्पूर्ण चित्र, कई बार जिसे उसने अपने मन की असंयत कल्पना में दुर्गम शैल-शृंग समझकर अपने भ्रम पर अपनी हँसी उड़ा चुकी थी। वह सकुचाकर खड़ी हो रही। बोली नहीं, मन में सोच रही थी—"गोली को छोड़कर भूरे के साथ रहना क्या उचित है? और नहीं तो फिर···"

ठाकुर ने कहा—"तो तुम्हारे साथ कोई नहीं है। कोई जानवर निकल आवे, तो?"

बेला खिलखिलाकर हँस पड़ी। ठाकुर का प्रमाद बढ़ चला था। घोड़े से झुककर उसका कंधा पकड़ते हुए कहा, "चलो, तुमको पहुँचा दें।"

उसका शरीर काँप रहा था, और ठाकुर आवेश में भर रहे थे। उन्होंने कहा—"बेला, मेरे यहाँ चलोगी?"

"भूरे मेरा पति है!" बेला के इस कथन में भयानक व्यंग्य था। वह भूरे से छुटकारा पाने के लिए तरस रही थी। उसने धीरे से अपना सिर ठाकुर की जाँघ से सटा दिया। एक क्षण के लिए दोनों चुप थे। फिर उसी समय अन्धकार में दो मूर्तियों का प्रादुर्भाव हुआ। कठोर कंठ से भूरे ने पुकारा—"बेला!"

ठाकुर सावधान हो गए थे। उनका हाथ बगल की तलवार की मूठ पर जा पड़ा। भूरे ने कहा—"जंगल में किसलिए तू आती थी, यह मुझे आज मालूम हुआ। चल, तेरा ख़ून पिए बिना न छोड़ूँगा।"

ठाकुर के अपराध का आरम्भ तो उनके मन में हो ही चुका था।

उन्होंने अपने को छिपाने का प्रयत्न छोड़ दिया। कड़ककर बोले—"ख़ून करने के पहले अपनी बात भी सोच लो, तुम मुझ पर सन्देह करते हो, तो यह तुम्हारा भ्रम है। मैं तो ···"

अब मैकू आगे आया। उसने कहा—"सरकार! बेला अब कंजरों के दल में नहीं रह सकेगी।"

"तो तुम क्या कहना चाहते हो?" ठाकुर साहब अपने में आ रहे थे, फिर भी घटना-चक्र से विवश थे।

"अब यह आपके पास रह सकती है। भूरे इसे लेकर हम लोगों के संग नहीं रह सकता।" मैकू पूरा खिलाड़ी था। उसके सामने उस अन्धकार में रुपए चमक रहे थे।

ठाकुर को अपने अहंकार का आश्रय मिला। थोड़ा-सा विवेक, जो उस अन्धकार में झिलमिला रहा था, बुझ गया। उन्होंने कहा—

"तब तुम क्या चाहते हो?"

"एक हज़ार।"

"चलो, मेरे साथ"—कहकर बेला का हाथ पकड़कर ठाकुर ने घोड़े को आगे बढ़ाया। भूरे कुछ भुनभुना रहा था; पर मैकू ने उसे दूसरी ओर भेजकर ठाकुर का संग पकड़ लिया। बेला रिकाब पकड़े चली जा रही थी।

दूसरे दिन कंजरों का दल उस गाँव से चला गया।

तीन

ऊपर की घटना को कई साल बीत गए। बेला ठाकुर साहब की एकमात्र

प्रेमिका समझी जाती है। अब उसकी प्रतिष्ठा अन्य कुल-वधुओं की तरह होने लगी है। नये उपकरणों से उसका घर सजाया गया है। उस्तादों से गाना सीखा है। गढ़ के भीतर ही उसकी छोटी-सी साफ़-सुथरी हवेली है। ठाकुर साहब की उमंग की रातें वहीं कटती हैं। फिर भी ठाकुर कभी-कभी प्रत्यक्ष देख पाते कि बेला उनकी नहीं है! वह न जाने कैसे एक भ्रम में पड़ गए। बात निबाहने की आ पड़ी।

एक दिन एक नट आया। उसने अनेक तरह के खेल दिखलाए। उसके साथ उसकी स्त्री थी, वह घूँघट ऊँचा नहीं करती थी। खेल दिखलाकर जब अपनी पिटारी लेकर जाने लगा, तो कुछ मनचले लोगों ने पूछा—

"क्यों जी, तुम्हारी स्त्री कोई खेल नहीं करती क्या?"

"करती तो है सरकार! फिर किसी दिन दिखलाऊँगा।" कहकर वह चला गया; किन्तु उसकी बाँसुरी की धुन बेला के कानों में उन्माद का आह्वान सुना रही थी। पिंजड़े की वन-विहंगनी को वसन्त की फूली हुई डाली का स्मरण हो आया था।

दूसरे दिन गढ़ में भारी जमघट लगा। गोली का खेल जम रहा था। सब लोग उसके हस्त-कौशल में मुग्ध थे। सहसा उसने कहा—

"सरकार! एक बड़ा भारी दैत्य आकाश में आ गया है, मैं उससे लड़ने जाता हूँ, मेरी स्त्री की रक्षा आप लोग कीजिएगा।"

गोली ने एक डोरी निकालकर उसको ऊपर आकाश की ओर फेंका। वह सीधी तन गई। सबके देखते-देखते गोली उसी के सहारे आकाश में चढ़कर अदृश्य हो गया। सब लोग मुग्ध होकर भविष्य

की प्रतीक्षा कर रहे थे। किसी को यह ध्यान नहीं रहा कि स्त्री अब कहाँ है।

गढ़ के फाटक की ओर सबकी दृष्टि फिर गयी। गोली लहू से रँगा चला आ रहा था। उसने आकर ठाकुर को सलाम किया और कहा—"सरकार! मैंने उस दैत्य को हरा दिया। अब मुझे इनाम मिलना चाहिए।"

सब लोग उस पर प्रसन्न होकर पैसों-रुपयों की बौछार करने लगे। उसने झोली भरकर इधर-उधर देखा, फिर कहा—

"सरकार, मेरी स्त्री भी अब मिलनी चाहिए, मैं भी ···।" किन्तु यह क्या, वहाँ तो उसकी स्त्री का पता नहीं। गोली सिर पकड़कर शोक-मुद्रा में बैठ गया। जब खोजने पर उसकी स्त्री नहीं मिली, तो उसने चिल्लाकर कहा—"यह अन्याय इस राज्य में नहीं होना चाहिए। मेरी सुन्दरी स्त्री को ठाकुर साहब ने गढ़ के भीतर कहीं छिपा दिया। मेरी योगिनी कह रही है।" सब लोग हँसने लगे। लोगों ने समझा, यह कोई दूसरा खेल दिखलाने जा रहा है। ठाकुर ने कहा—"तो तू अपनी सुन्दर स्त्री मेरे गढ़ में से खोज ला!" अन्धकार होने लगा था। उसने जैसे घबराकर चारों ओर देखने का अभिनय किया। फिर आँख मूँद कर सोचने लगा।

लोगों ने कहा—"खोजता क्यों नहीं? कहाँ है तेरी सुन्दरी स्त्री?"

"तो जाऊँ न सरकार?"

"हाँ, हाँ, जाता क्यों नहीं"—ठाकुर ने भी हँसकर कहा।

गोली नयी हवेली की ओर चला। वह नि:शंक भीतर चला गया।

बेला बैठी हुई तन्मय भाव से बाहर की भीड़ झरोखे से देख रही थी। जब उसने गोली को समीप आते देखा, तो वह काँप उठी। कोई दासी वहाँ न थी। सेब खेल देखने में लगी थीं। गोली ने पोटली फेंककर कहा—"बेला! जल्द चलो।"

बेला के हृदय में तीव्र अनुभूति जाग उठी थी। एक क्षण में उस दीन भिखारी की तरह—जो एक मुट्ठी भीख के बदले अपना समस्त संचित आशीर्वाद दे देना चाहता है—वह वरदान देने के लिए प्रस्तुत हो गयी। मन्त्र-मुग्ध की तरह बेला ने उस ओढ़नी का घूँघट बनाया। वह धीरे-धीरे उसके पीछे भीड़ में आ गयी। तालियाँ पिटीं। हँसी का ठहाका लगा। वही घूँघट, न खुलने वाला घूँघट सायंकालीन समीर से हिलकर रह जाता था। ठाकुर साहब हँस रहे थे। गोली दोनों हाथों से सलाम कर रहा था।

रात हो चली थी। भीड़ के बीच में गोली बेला को लिए जब फाटक के बाहर पहुँचा, तब एक लड़के ने आकर कहा—"एक्का ठीक है।"

तीनों सीधे उस पर जाकर बैठ गये। एक्का वेग से चल पड़ा।

अभी ठाकुर साहब का दरबार जम रहा था और नट के खेलों की प्रशंसा हो रही थी।

गुण्डा

वह पचास से ऊपर था। तब भी युवकों से अधिक बलिष्ठ और दृढ़ था। चमड़े पर झुर्रियाँ नहीं पड़ी थीं। वर्षा की झड़ी में, पूस की रातों की छाया में, कड़कती हुई जेठ की धूप में, नंगे शरीर घूमने में वह सुख मानता था। उसकी चढ़ी मूँछे बिच्छू के डंक की तरह, देखने वालों की आँखों में चुभती थीं। उसका साँवला रंग, साँप की तरह चिकना और चमकीला था। उसकी नागपुरी धोती का लाल रेशमी किनारा दूर से ही ध्यान आकर्षित करता। कमर में बनारसी सेल्हे से फेंटा, जिसमें सीप की मूठ का बिछुआ खुँसा रहता था। उसके घुँघराले बालों पर सुनहले पल्ले के सोफे का छोर उसकी चौड़ी पीठ पर फैला रहता। ऊँचे कन्धे पर टिका हुआ चौड़ी धार का गँड़ासा, यह थी उसकी धज! पंजों के बल जब वह चलता, तो उसकी नसें चटाचट बोलती थीं। वह गुण्डा था।

ईसा की अठारहवीं शताब्दी के अन्तिम भाग में वही काशी नहीं रह गयी थी, जिसमें उपनिषद् के अजातशत्रु की परिषद् में ब्रह्मविद्या सीखने के लिए विद्वान ब्रह्मचारी आते थे। गौतमबुद्ध और शंकराचार्य के धर्म-दर्शन के वाद-विवाद, कई शताब्दियों से लगातार मन्दिरों और मठों के ध्वंस और तपस्वियों के वध के कारण, प्रायः बन्द-से हो गए थे। यहाँ तक कि पवित्रता और छुआछूत में कट्टर वैष्णव-धर्म भी उस विशृंखलता में, नवागन्तुक धर्मोन्माद में अपनी असफलता

देखकर काशी में अघोर रूप धारण कर रहा था। उसी समय समस्त न्याय और बुद्धिवाद को शस्त्र-बल के सामने झुकते देखकर, काशी के विच्छिन्न और निराश नागरिक जीवन ने, एक नवीन सम्प्रदाय की सृष्टि की। वीरता जिसका धर्म था। अपनी बात पर मिटना, सिंह-वृत्ति से जीविका ग्रहण करना, प्राण-भिक्षा माँगने वाले कायरों तथा चोट खाकर गिरे हुए प्रतिद्वन्द्वी पर शस्त्र न उठाना, सताए हुए निर्बलों को सहायता देना और प्रत्येक क्षण प्राणों को हथेली पर लिए घूमना, उसका बाना था। उन्हें लोग काशी में गुंडा कहते थे।

जीवन की किसी अलभ्य अभिलाषा से वंचित होकर जैसे प्रायः लोग विरक्त हो जाते हैं, ठीक उसी तरह किसी मानसिक चोट से घायल होकर, एक प्रतिष्ठित जमींदार का पुत्र होने पर भी नन्हकूसिंह गुंडा हो गया था। दोनों हाथों से उसने अपनी सम्पत्ति लुटाई। नन्हकूसिंह ने बहुत-सा रुपया ख़र्च करके जैसा स्वांग खेला था, उसे काशी वाले बहुत दिनों तक नहीं भूल सके। वसन्त ऋतु में यह प्रहसनपूर्ण अभिनय खेलने के लिए उन दिनों प्रचुर धन, बल निर्भीकता और उच्छृंखलता की आवश्यकता होती थी। एक बार नन्हकूसिंह ने भी एक पैर में नूपुर, एक हाथ में तोड़ा, एक आँख में काजल, एक कान में हज़ारों की मोती तथा दूसरे कान में फटे हुए जूतों का तल्ला लटका कर, एक में जड़ाऊ मूठ की तलवार दूसरा हाथ आभूषणों से लदी हुई अभिनय करने वाली प्रेमिका के कन्धे पर रखकर गाया था—

"कहीं बैंगनवाली मिले तो बुला देना।"

प्रायः बनारस के बाहर की हरियालियों में, अच्छे पानी वाले कुओं पर, गंगा की धारा में मचलती हुई डोंगी पर वह दिखलाई पड़ता था। कभी-कभी जुआख़ाने से निकलकर जब वह चौक में आ जाता, तो काशी की रँगीली वेश्याएँ मुस्कराकर उनका स्वागत करतीं और उसके दृढ़ शरीर को सस्पृह देखतीं। वह तमोली की ही दुकान पर बैठकर उनके गीत सुनता, ऊपर कभी नहीं जाता था। जुए की जीत का रुपया मुट्ठियों में भर-भरकर, उनकी खिड़की में वह इस तरह उछालता कि कभी-कभी समाजी लोग अपना सिर सहलाने लगते, तब वह ठठाकर हँस देता। जब कभी लोग कोठे के ऊपर चलने के लिए कहते, तो वह उदासी की साँस खींचकर चुप हो जाता।

वह अभी वंशी के जुआख़ाने से निकला था। आज उसकी कौड़ी ने साथ न दिया। सोलह परियों के नृत्य में उसका मन न लगा। मन्नू तमोली की दुकान पर बैठते हुए उसने कहा—"आज साइत अच्छी नहीं रही, मन्नू!"

"क्यों मालिक! चिन्ता किस बात की है। हम लोग किस दिन के लिए हैं। सब आप ही का तो है।"

"अरे, बुद्धू ही रहे तुम! नन्हकूसिंह जिस दिन किसी से लेकर जुआ खेलने लगे उसी दिन समझना वह मर गये। तुम जानते नहीं कि मैं जुआ खेलने कब जाता हूँ। जब मेरे पास एक पैसा नहीं रहता; उसी दिन नाल पर पहुँचते ही जिधर बड़ी ढेरी रहती है, उसी को बदता हूँ और फिर वही दाँव आता भी है। बाबा कीनाराम का यह वरदान है।"

"तब आज क्यों, मालिक?"

"पहला दाँव तो आया ही, फिर दो-चार हाथ बदलने पर सब निकल गया। तब भी लो, यह पाँच रुपए बचे हैं। एक रुपया तो पान के लिए रख लो और चार दे दो मलूकी को, कह दो कि दुलारी से गाने के लिए कह दे। हाँ, वही एक गीत—

"विलमि विदेश रहे।"

नन्हकूसिंह की बात सुनते ही मलूकी, जो अभी गाँजे की चिलम पर रखने के लिए अँगारा चूर कर रहा था, घबराकर उठ खड़ा हुआ। वह सीढ़ियों पर दौड़ता हुआ चढ़ गया। चिलम को देखता ही ऊपर चढ़ा, इसलिए चोट उसे भी लगी; पर नन्हकूसिंह की भृकुटि देखने की शक्ति उसमें कहाँ। उसे नन्हकूसिंह की वह मूर्ति न भूली थी, जब इसी पान की दुकान पर जुएख़ाने से जीता हुआ, रुपए से भरा हुआ तोड़ा लिए वह बैठा था दूर से बोधीसिंह की बारात का बाजा बजता हुआ आ रहा था। नन्हकू ने पूछा—"यह किसकी बारात है?"

"ठाकुर बोधीसिंह के लड़के की।"—मन्नू के इतना कहते ही नन्हकू के ओठ फड़कने लगे। उसने कहा—"मन्नू! यह नहीं हो सकता। आज इधर से बारात न जाएगी। बोधीसिंह हमसे निपटकर तब बारात इधर से ले जा सकेंगे।"

मन्नू ने कहा—"तब मालिक, मैं क्या करूँ?"

नन्हकू गँड़ासा कन्धे पर से और ऊँचा करके मलूकी से बोला—"मलुकिया देखता है, अभी जा ठाकुर से कह दे, कि बाबू नन्हकूसिंह आज यहीं लगाने के लिए खड़े हैं। समझकर आवें, लड़के

की बारात है।" मलुकिया काँपता हुआ ठाकुर बोधीसिंह के पास गया। बोधीसिंह और नन्हकू से पाँच वर्ष से सामना नहीं हुआ है। किसी दिन नाल पर कुछ बातों में ही कहा-सुनी होकर, बीच-बचाव हो गया था। फिर सामना नहीं हो सका। आज नन्हकू जान पर खेलकर अकेले खड़ा है। बोधीसिंह भी उस आन को समझते थे। उन्होंने मलूकी से कहा—"जा बे, कह दे कि हमको क्या मालूम कि बाबू साहब वहाँ खड़े हैं। जब वह हैं ही, तो दो समधी जाने का क्या काम है।" बोधीसिंह लौट गए और मलूकी के कन्धे पर तोड़ा लादकर बाजे के आगे नन्हकूसिंह बारात लेकर गए। ब्याह में जो कुछ लगा, ख़र्च किया। ब्याह कराकर तब, दूसरे दिन इसी दुकान पर आकर रुक गए। लड़के को और उसकी बारात को उसके घर भेज दिया।

मलूकी को भी दस रुपया मिला था उस दिन। फिर नन्हकूसिंह की बात सुनकर बैठे रहना और यम को न्यौता देना एक ही बात थी। उसने जाकर दुलारी से कहा—"हम ठेका लगा रहे हैं, तुम गाओ, तब तक बल्लू सारंगी वाला पानी पीकर आता है।"

"बाप रे, कोई आफ़त आयी है क्या बाबू साहब ? सलाम।"—कहकर दुलारी ने खिड़की से मुस्कराकर झाँका था कि नन्हकूसिंह उसके सलाम का जवाब देकर, दूसरे एक आने वाले को देखने लगे।

हाथ में हरौती की पतली-सी छड़ी, आँखों में सुरमा, मुँह में पान, मेहंदी लगी हुई लाल दाढ़ी, जिसकी सफ़ेद जड़ दिखलाई दे रही थी, कुव्वेदार टोपी; छकलिया अँगरखा और साथ में लेसदार परत वाले दो सिपाही! कोई मौलवी साहब हैं। नन्हकू हँस पड़ा। नन्हकू की ओर बिना देखे ही मौलवी ने एक सिपाही से कहा—"जाओ, दुलारी

से कह दो कि आज रेजीड़ेण्ट साहब की कोठी पर मुजरा करना होगा, अभी से चले, देखो तब तक हम जानअली से कुछ इत्र ले रहे हैं।" सिपाही ऊपर चढ़ रहा था और मौलवी दूसरी ओर चले थे कि नन्हकू ने ललकारकर कहा—"दुलारी! हम कब तक यहाँ बैठे रहें! क्या अभी सरंगिया नहीं आया?"

दुलारी ने कहा—"वाह बाबू साहब! आप ही के लिए तो मैं यहाँ बैठी हूँ, सुनिए न! आप तो कभी ऊपर···" मौलवी जल उठा। उसने कड़ककर कहा—"चोबदार! अभी वह सूअर की बच्ची उतरी नहीं। जाओ, कोतवाल के पास मेरा नाम लेकर कहो कि मौलवी अलाउद्दीन कुबरा ने बुलाया है। आकर उसकी मरम्मत करें। देखता हूँ तो जब से नवाबी गई, इन काफ़िरों की मस्ती बढ़ गयी है।"

कुबरा मौलवी! बाप रे—तमोली अपनी दुकान सम्हालने लगा। पास ही एक दुकान पर बैठकर ऊँघता हुआ बजाज़ चौंक कर सिर में चोट खा गया! इसी मौलवी ने तो महाराज चेतसिंह से साढ़े तीन सेर चींटी के सिर का तेल माँगा था। मौलवी अलाउद्दीन कुबरा! बाज़ार में हलचल मच गयी। नन्हकूसिंह ने मन्नू से कहा—"क्यों, चुपचाप बैठोगे नहीं!" दुलारी ने कहा—"वहीं से बाई जी! इधर-उधर हिलने का काम नहीं। तुम गाओ। हमने ऐसे घसियारे बहुत-से देखे हैं। अभी कल रमल के पासे फेंककर अधेला-अधेला माँगता था, आज चला है रोब गाँठने।"

अब कुबरा ने घूमकर उसकी ओर देखकर कहा—"कौन है यह पाजी!"

"तुम्हारे चाचा बाबू नन्हकूसिंह!"—के साथ ही पूरा बनारसी

झापड़ पड़ा। कुबरा का सिर घूम गया। लैस के परतले वाले सिपाही दूसरी ओर भाग चले और मौलवी साहब चौंधियाकर जानअली की दुकान पर लड़खड़ाते, गिरते-पड़ते किसी तरह पहुँच गये।

जानअली ने मौलवी से कहा—"मौलवी साहब! भला आप भी उसे गुंडे के मुँह लगने गए। यह तो कहिए कि उसने गँड़ासा नहीं तौल दिया।" कुबरा के मुँह से बोली नहीं निकल रही थी। उधर दुलारी गा रही थी "···विलमि विदेस रहे···" गाना पूरा हुआ, कोई आया-गया नहीं। तब नन्हकूसिंह धीरे-धीरे टहलता हुआ, दूसरी ओर चला गया। थोड़ी देर में एक डोली रेशमी परदे से ढँकी हुई आयी। साथ में चोबदार था। उसने दुलारी को राजमाता पन्ना की आज्ञा सुनायी।

दुलारी चुपचाप डोली पर जा बैठी। डोली धूल और सन्ध्याकाल के धुएँ से भरी हुई बनारस की तंग गलियों से होकर शिवालय घाट की ओर चली।

दो

श्रावण का अन्तिम सोमवार था। राजमाता पन्ना शिवालय में बैठकर पूजन कर रही थीं। दुलारी बाहर बैठी कुछ अन्य गाने वालियों के साथ भजन गा रही थी। आरती हो जाने पर, फूलों की अंजलि बिखेरकर पन्ना ने भक्तिभाव से देवता के चरणों में प्रणाम किया। फिर प्रसाद देकर बाहर आते ही उन्होंने दुलारी को देखा। उसने खड़ी होकर हाथ जोड़ते हुए कहा—"मैं पहले ही पहुँच जाती। क्या करूँ, वह कुबरा मौलवी निगोड़ा आकर रेजिडेण्ट की कोठी पर ले जाने लगा। घंटों इसी झंझट में बीत गया, सरकार!"

"कुबरा मौलवी! जहाँ सुनती हूँ, उसी का नाम। सुना है कि उसने यहाँ भी आकर कुछ ···"—फिर न जाने क्या सोचकर बात बदलते हुए पन्ना ने कहा—"हाँ, तब फिर क्या हुआ? तुम यहाँ कैसे आ सकीं?"

"बाबू नन्हकूसिंह उधर से आ गये।" मैंने कहा—"सरकार की पूजा पर मुझे भजन गाने को जाना है। और यह जाने नहीं दे रहा है। उन्होंने मौलवी को ऐसा लगाया कि उसकी हेकड़ी भूल गयी। और तब जाकर मुझे किसी तरह यहाँ आने की छुट्टी मिली।"

"कौन बाबू नन्हकूसिंह!"

दुलारी ने सिर नीचा करके कहा—"अरे, क्या सरकार को नहीं मालूम? बाबू निरंजनसिंह के लड़के! उस दिन, जब मैं बहुत छोटी थी, आपकी बारी में झूला झूल रही थी, जब नवाब का हाथी बिगड़कर आ गया था, बाबू निरंजनसिंह के कुँवर ने ही तो उस दिन हम लोगों की रक्षा की थी।"

राजमाता का मुख उस प्राचीन घटना को स्मरण करके न जाने क्यों विवर्ण हो गया। फिर अपने को सम्हालकर उन्होंने पूछा, "तो बाबू नन्हकूसिंह उधर कैसे आ गये?"

दुलारी ने मुस्कराकर सिर नीचा कर लिया! दुलारी राजमाता पन्ना के पिता की जमींदारी में रहने वाली वेश्या की लड़की थी। उसके साथ ही कितनी बार झूले-हिंडोले अपने बचपन में पन्ना झूल चुकी थी। वह बचपन से ही गाने में सुरीली थी। सुन्दरी होने पर चंचल भी थी। पन्ना जब काशीराज़ की माता थी, तब दुलारी काशी की प्रसिद्ध गाने वाली थी। राजमहल में उसका गाना-बजाना हुआ ही करता।

महाराज बलवन्तसिंह के समय से ही संगीत पन्ना के जीवन का आवश्यक अंश था। हाँ, अब प्रेम-दुःख और दर्द-भरी विरह-कल्पना के गीत की ओर अधिक रुचि न थी। अब सात्विक भावपूर्ण भजन होता था। राज़माता पन्ना का वैधव्य से दीप्त शान्त मुख-मण्डल कुछ मलिन हो गया।

बड़ी रानी का सापत्न्य ज्वाला बलवन्तसिंह के मर जाने पर भी नहीं बुझी। अन्तःपुर कलह का रंगमंच बना रहता, इसी से प्रायः पन्ना काशी के राजमन्दिर में आकर पूजा-पाठ में अपना मन लगाती। रामनगर में उनको चैन नहीं मिलता। नयी रानी होने के कारण बलवन्तसिंह के प्रेयसी होने का गौरव तो उसे था ही, साथ में पुत्र उत्पन्न करने का सौभाग्य भी मिला, फिर भी असवर्णता का सामाजिक दोष उसके हृदय को व्यथित किया करता। उसे अपने ब्याह की आरम्भिक चर्चा का स्मरण हो आया।

छोटे-से मंच पर बैठी, गंगा की उमड़ती हुई धारा को पन्ना अन्यमनस्क होकर देखने लगी। उस बात को, जो अतीत में एक बार, हाथ से अनजाने में खिसक जाने वाली वस्तु की तरह गुप्त हो गई हो; सोचने का कोई कारण नहीं। उससे कुछ बनता-बिगड़ता भी नहीं; परन्तु मानव-स्वभाव हिसाब रखने की प्रथानुसार कभी-कभी कहीं बैठता है, "कि यदि वह बात हो गयी होती तो?" ठीक उसी तरह पन्ना भी राजा बलवन्तसिंह द्वारा बलपूर्वक रानी बनाए जाने के पहले की एक संभावना को सोचने लगी थी। सो भी बाबू नन्हकूसिंह का नाम सुन लेने पर। गेंदा मुँहलगी दासी थी। वह पन्ना के साथ उसी दिन से है, जिस दिन से पन्ना बलवन्तसिंह की प्रेयसी हुई। राज्य-भर

का अनुसन्धान उसी के द्वारा मिला करता। और उसे न जाने कितनी जानकारी भी थी। उसने दुलारी का रंग उखाड़ने के लिए कुछ कहना आवश्यक समझा।

"महारानी ! नन्हकूसिंह अपनी सब जमींदारी स्वाँग, भैंसों की लड़ाई, घुड़दौड़ और गाने-बजाने में उड़ाकर अब डाकू हो गया है। जितने ख़ून होते हैं, सबमें उसी का हाथ रहता है। जितनी ···" उसे रोककर दुलारी ने कहा—"यह झूठ है। बाबू साहब के ऐसा धर्मात्मा तो कोई है ही नहीं। कितनी विधवाएँ उनकी दी हुई धोती से अपना तन ढँकती हैं। कितनी लड़कियों की ब्याह-शादी होती है। कितने सताए हुए लोगों के उनके द्वारा रक्षा होती है।"

रानी पन्ना के हृदय में एक तरलता उद्वेलित हुई। उन्होंने हँसकर कहा—"दुलारी, वे तेरे यहाँ आते हैं न? इसी से तू उनकी बड़ाई ···।"

"नहीं सरकार! शपथ खाकर कह सकती हूँ कि बाबू नन्हकूसिंह ने आज तक कभी मेरे कोठे पर पैर नहीं रखा।"

राजमाता न जाने क्यों इस अद्‌भुत व्यक्ति को समझने के लिए चंचल हो उठी थीं। तब उन्होंने दुलारी को आगे कुछ न कहने के लिए तीखी दृष्टि से देखा। वह चुप हो गयी। पहले पहर की शहनाई बजने लगी। दुलारी छुट्टी माँगकर डोली पर बैठ गयी। तब गेंदा ने कहा—"सरकार! आजकल नगर की दशा बड़ी बुरी है। दिन दहाड़े लोग लूट लिए जाते हैं। सैकड़ों जगह नाला पर जुए में लोग अपना सर्वस्व गँवाते हैं। बच्चे फुसलाए जाते हैं। गलियों में लाठियाँ और छुरा चलने के लिए टेढ़ी भौंहें कारण बन जाती हैं। उधर रेजीडेण्ट साहब से महाराजा की अनबन चल रही है।" राजमाता चुप रहीं।

दूसरे दिन राजा चेतसिंह के पास रेजिडेण्ट मार्कहेम की चिट्ठी आयी, जिसमें नगर की दुर्व्यवस्था की कड़ी आलोचना थी। डाकुओं और गुंडों को पकड़ने के लिए, उन पर कड़ा नियंत्रण रखने की सम्मति भी थी। कुबरा मौलवी वाली घटना का भी उल्लेख था। उधर हेस्टिंग्ज के आने की भी सूचना थी। शिवालयघाट और रामनगर में हलचल मच गयी! कोतवाल हिम्मतसिंह, पागल की तरह, जिसके हाथ में लाठी, लोहाँगी, गड़ाँसा, विछुआ और करौली देखते, उसी को पकड़ने लगे।

एक दिन नन्हकूसिंह सुम्भा के नाले के संगम पर, ऊँचे-से टीले की घनी हरियाली में अपने चुने हुए साथियों के साथ दूधिया छान रहे थे। गंगा में, उनकी पतली डोंगी बड़ की जटा से बँधी थी। कथकों का गाना हो रहा था। चार उलाँकी इक्के कसे-कसाए खड़े थे।

नन्हकूसिंह ने अकस्मात् कहा—"मलूकी! गाना जमता नहीं है। उलाँकी पर बैठकर जाओ, दुलारी को बुला लाओ।" मलूकी वहाँ मजीरा बजा रहा था। दौड़कर इक्के पर जा बैठा। आज नन्हकूसिंह का मन उखड़ा था। बूटी कई बार छानने पर भी नशा नहीं। एक घंटे में दुलारी सामने आ गई। उसने मुस्कराकर कहा—"क्या हुक्म है बाबू साहब?"

"दुलारी! आज गाना सुनने का मन कर रहा है।"

"इस जंगल में क्यों?"—उसने सशंक हँसकर कुछ अभिप्राय से पूछा।

"तुम किसी तरह का खटका न करो।"—नन्हकूसिंह ने हँसकर कहा।

"यह तो मैं उस दिन महारानी से भी कह आयी हूँ।"

"क्या, किससे ?"

"राजमाता पन्नादेवी से"—फिर उस दिन गाना नहीं जमा। दुलारी ने आश्चर्य से देखा कि तानों में नन्हकू की आँखें तर हो जाती हैं। गाना-बजाना समाप्त हो गया था। वर्षा की रात में झिल्लियों का स्वर उस झुरमुट में गूँज रहा था। मन्दिर के समीप ही छोटे-से कमरे में नन्हकूसिंह चिन्ता में निमग्न बैठा था। आँखों में नींद नहीं। और सब लोग तो सोने लगे थे, दुलारी जाग रही थी। वह भी कुछ सोच रही थी। आज उसे, अपने को रोकने के लिए कठिन प्रयत्न करना पड़ रहा था; किन्तु असफल होकर वह उठी और नन्हकू के समीप धीरे-धीरे चली आयी। कुछ आहट पाते ही चौंककर नन्हकूसिंह ने पास ही पड़ी हुई तलवार उठा ली। तब तक हँसकर दुलारी ने कहा—"बाबू साहब, यह क्या ? स्त्रियों पर भी तलवार चलाई जाती है !"

छोटे-से दीपक के प्रकाश में वासना-भरी रमणी का मुख देखकर नन्हकू हँस पड़ा। उसने कहा—"क्यों बाईजी ! क्या इसी समय जाने की पड़ी है। मौलवी ने फिर बुलाया है क्या ?" दुलारी नन्हूक के पास बैठ गई। नन्हकू ने कहा—"क्या तुमको डर लग रहा है ?"

"नहीं, मैं कुछ कहने आई हूँ।"

"क्या ?"

"क्या, ··· यही कि ··· कभी तुम्हारे हृदय में ··· "

"उसे न पूछो दुलारी ! हृदय को बेकार ही समझकर तो उसे हाथ में लिए फिर रहा हूँ। कोई कुछ कर देता—कुचलता—चीरता—उछालता !

मर जाने के लिए सब कुछ तो करता हूँ, पर मरने नहीं पाता।"

"मरने के लिए भी कहीं खोजने जाना पड़ता है। आपको काशी का हाल क्या मालूम! न जाने घड़ी भर में क्या हो जाय। उलट-पलट होने वाला है क्या बनारस की गलियाँ जैसे काटने दौड़ती हैं।"

"कोई नई बात इधर हुई है क्या?"

"कोई हेस्टिंग्स आया है। सुना है उसने शिवालयघाट पर तिलंगों की कंपनी का पहरा बैठा दिया है। राजा चेतसिंह और राजमाता पन्ना वहीं हैं। कोई-कोई कहता है कि उनको पकड़कर कलकत्ता भेजने ···"

"क्या पन्ना भी ··· रनिवास भी वहीं है"—नन्हकू अधीर हो उठा था।

"क्यों बाबू साहब, आज रानी पन्ना का नाम सुनकर आपकी आँखों में आँसू क्यों आ गए?"

सहसा नन्हकू का मुख भयानक हो उठा! उसने कहा—"चुप रहो, तुम उसको जानकर क्या करोगी?" वह उठ खड़ा हुआ। उद्विग्न की तरह न जाने क्या खोजने लगा फिर स्थिर होकर उसने कहा—"दुलारी! जीवन में आज यह पहला ही दिन है कि एकान्त रात में एक स्त्री मेरे पलंग पर आकर बैठ गयी है, मैं चिरकुमार! अपनी एक प्रतिज्ञा का निर्वाह करने के लिए सैकड़ों असत्य, अपराध करता फिर रहा हूँ। क्यों? तुम जानती हो? मैं स्त्रियों का घोर विद्रोही हूँ और पन्ना! ··· किन्तु उसका क्या अपराध! अत्याचारी बलवन्तसिंह के कलेजे में बिछुआ मैं न उतार सका। किन्तु पन्ना! उसे पकड़कर गोरे कलकत्ता भेज देंगे! वहीं ··· ।"

नन्हकूसिंह उन्मत्त हो उठा। दुलारी ने देखा, नन्हकू अन्धकार में ही वट-वृक्ष के नीचे पहुँचा और गंगा की उमड़ती हुई धारा में डोंगी खोल दी—उसी घने अन्धकार में। दुलारी का हृदय काँप उठा।

तीन

16 अगस्त सन् 1981 को काशी डाँवाडोल हो रही थी। शिवालयघाट में राजा चेतसिंह लेफ़्टिनेण्ट इस्टाकर के पहरे में थे। नगर में आतंक था। दुकानें बन्द थीं। घरों में बच्चे अपनी माँ से पूछते थे—"माँ, आज हलुए वाला नहीं आया" वह कहती—'चुप बेटे!' सड़कें सूनी पड़ी थीं। तिलंगों की कम्पनी के आगे-आगे कुबरा मौलवी कभी-कभी, आता-जाता दिखाई पड़ता था। उस समय खुली हुई खिड़कियाँ बन्द हो जाती थीं। भय और सन्नाटे का राज्य था। चौक में चिथरूसिंह की हवेली अपने भीतर काशी की वीरता को बन्द किए कोतवाल का अभिनय कर रही थी। इसी समय किसी ने पुकारा—"हिम्मतसिंह!"

खिड़की से सिर निकालकर हिम्मतसिंह ने पूछा—"कौन?"

"बाबू नन्हकूसिंह!"

"अच्छा, तुम अब तक बाहर ही हो?"

"पागल! राजा कैद हो गए हैं। छोड़ दो इन सब बहादुरों को! हम एक बार इनको लेकर शिवालय घाट पर जाएँ।"

"ठहरो"—कहकर हिम्मतसिंह ने कुछ आज्ञा दी, सिपाही बाहर निकले। नन्हकू की तलवार चमक उठी। सिपाही भीतर भागे। नन्हकू

ने कहा—"नमक-हरामो ! चूड़ियाँ पहन लो।" लोगों के देखते-देखते नन्हकूसिंह चला गया। कोतवाली के सामने फिर सन्नाटा हो गया।

नन्हकू उन्मत्त था। उसके थोड़े-से साथी उसकी आज्ञा पर जान देने के लिए तुले थे। वह नहीं जानता था कि राजा चेतसिंह का क्या राजनैतिक अपराध है? उसने कुछ सोचकर अपने थोड़े-से साथियों को फाटक पर गड़बड़ मचाने के लिए भेज दिया। इधर अपनी डोंगी लेकर शिवालय की खिड़की के नीचे धारा काटता हुआ पहुँचा। किसी तरह निकले हुए पत्थर में रस्सी लटकाकर, उस चंचल डोंगी को उसने स्थिर किया और बन्दर की तरह उछलकर खिड़की के भीतर हो रहा। उस समय वहाँ राजमाता पन्ना और राजा चेतसिंह से बाबू मनिहार सिंह कह रहे थे—"आपके यहाँ रहने से, हम लोग क्या करें, यह समझ में नहीं आता। पूजापाठ समाप्त करके आप रामनगर चली गई होतीं, तो यह ···"

तेजस्विनी पन्ना ने कहा—"अब मैं रामनगर कैसे चली जाऊँ?"

मनिहार सिंह दुखी होकर बोले—"कैसे बताऊँ? मेरे सिपाही तो बन्दी हैं।"

इतने में फाटक पर कोलाहल मचा। राज-परिवार अपनी मन्त्रणा में डूबा था कि नन्हकूसिंह का आना उन्हें मालूम हुआ। सामने का द्वार बन्द था। नन्हकू सिंह ने एक बार गंगा की धारा को देखा—उसमें एक नाव घाट पर लगने के लिए लहरों से उड़ रही थी। वह प्रसन्न हो उठा। इसी की प्रतीक्षा में वह रुका था। उसने जैसे सबको सचेत करते हुए कहा—"महारानी कहाँ हैं?"

सबने घूमकर देखा—एक अपरिचित वीर-मूर्ति! शस्त्रों से लदा हुआ पूरा देव!

चेतसिंह ने पूछा—"तुम कौन हो?"

"राज-परिवार को एक बिना दाम का सेवक!"

पन्ना के मुँह से हलकी-सी एक साँस निकल रह गयी। उसने पहचान लिया। इतने वर्षों के बाद! वहीं नन्हकूसिंह।

मनियारसिंह ने पूछा—"तुम क्या कर सकते हो?"

"मैं मर सकता हूँ! पहले महारानी को डोंगी पर बिठाइए। नीचे दूसरी डोंगी पर अच्छे मल्लाह हैं। फिर बात कीजिए।"—मनियारसिंह ने देखा, जनानी ड्योढ़ी का दरोग़ा राज़ की एक डोंगी पर चार मल्लाहों के साथ खिड़की से नाव सटाकर प्रतीक्षा में है। उन्होंने पन्ना से कहा—"चलिए, मैं साथ चलता हूँ।"

"और ···"—चेतसिंह को देखकर, पुत्रवत्सला ने संकेत से एक प्रश्न किया, उसका उत्तर किसी के पास न था। मनियारसिंह ने कहा—"तब मैं यहीं?" नन्हकू ने हँसकर कहा—"मेरे मालिक, आप नाव पर बैठें। जब तक राजा भी नाव पर न बैठ जायेंगे, तब तक सत्रह गोली खाकर भी नन्हकूसिंह जीवित रहने की प्रतिज्ञा करता है।"

पन्ना ने नन्हकू को देखा। एक क्षण के लिए चारों आँखें मिलीं, जिनमें जन्म-जन्म का विश्वास ज्योति की तरह जल रहा था। फाटक बलपूर्वक खोला जा रहा था। नन्हकू ने उन्मत्त होकर कहा—"मालिक! जल्दी कीजिए।"

दूसरे क्षण पन्ना डोंगी पर थी और नन्हकूसिंह फाटक पर इस्टाकर

के साथ। चेतराम ने आकर एक चिट्ठी मनियारसिंह के हाथ में दी। लेफ्टिनेण्ट ने कहा—"आपके आदमी गड़बड़ मचा रहे हैं। अब मैं अपने सिपाहियों को गोली चलाने से नहीं रोक सकता।"

"मेरे सिपाही यहाँ कहाँ हैं, साहब?"—मनियारसिंह ने हँसकर कहा। बाहर कोलाहल बढ़ने लगा।

चेतराम ने कहा—"पहले चेतसिंह को कैद कीजिए।"

"कौन ऐसी हिम्मत करता है?" कड़ककर कहते हुए बाबू मनियारसिंह ने तलवार खींच ली। अभी बात पूरी न हो सकी थी कि कुबरा मौलवी वहाँ पहुँचा! यहाँ मौलवी साहब की कलम नहीं चल सकती थी, और न ये बाहर ही जा सकते थे। उन्होंने कहा—"देखते क्या हो चेतराम!"

चेतराम ने राजा के ऊपर हाथ रखा ही था कि नन्हकू के सधे हुए हाथ ने उसकी भुजा उड़ा दी। इस्टाकर आगे बढ़े, मौलवी साहब चिल्लाने लगे। नन्हकू सिंह ने देखते-देखते इस्टाकर और उसके कई साथियों को धराशायी किया। फिर मौलवी साहब कैसे बचते!

नन्हकूसिंह ने कहा—"क्यों, उस दिन के झापड़ ने तुमको समझाया नहीं? पाजी!" कहकर ऐसा साफ जनेवा मारा कि कुबरा ढेर हो गया। कुछ ही क्षणों में यह भीषण घटना हो गयी जिसके लिए अभी कोई प्रस्तुत न था।

नन्हकूसिंह ने ललकारकर चेतसिंह से कहा—"आप क्या देखते हैं? उतरिए डोंगी पर!"—उसके घावों से रक्त के फुहारे छूट रहे थे। इधर फाटक से तिलंगे भीतर आने लगे थे। चेतसिंह ने खिड़की से उतरते हुए देखा की बीसों तिलंगों की संगीनों में वह अविचल

खड़ा होकर तलवार चला रहा है। नन्हकू के चट्टान-सदृश शरीर से गैरिक की तरह रक्त की धारा बह रही है। गुंडे का एक-एक अंग कटकर वहीं गिरने लगा। वह काशी का गुंडा था!

●●●